La statue de glaise

La statue de glaise

Manon Lilaas

© 2023 Manon Lilaas (Lilaas93)

Édition : BoD - Books on Demand, info@bod.fr
Impression : BoD - Books on Demand, In de Tarpen 42,
Norderstedt (Allemagne)
Impression à la demande

ISBN : 978-2-3221-8774-4
Dépôt légal : Mars 2023

*À chacun de ceux qui m'ont encouragée,
qui m'ont permis de me dépasser, et qui, à leur manière,
sont aussi derrière ce livre.*

*À l'une des plus merveilleuses personnes que je connaisse,
celle de qui l'avis est le plus important à mes yeux,
ma petite sœur.*

*À ce groupe fabuleux qui me donne le courage d'avancer
en gardant le sourire.*

Du même auteur…

Romans :
Du bout des doigts 1 (août 2021)
Du bout des doigts 2 (octobre 2021)
À la croisée des suicides (novembre 2021)
L'étoile de Noël (novembre 2021)
Boy's love Café 1 (février 2022)
Boy's love Café 2 (avril 2022)
Dans l'ombre de sa folie (juin 2022)
Boy's love Café 3 (juillet 2022)
Boy's love Café 4 (octobre 2022)
Rookie Games (octobre 2022)
Boy's love Café 5 (novembre 2022)
Les ailes de papier 1 (février 2023)

Recueils de nouvelles :
Sonate (mai 2021)
Symphonie (mars 2022)
Valse (juillet 2022)
Opérette (septembre 2022)
Symphonie 2 (octobre 2022)
Valse 2 (janvier 2023)

1

Soochul était prisonnier d'une routine à mourir d'ennui, mais dans laquelle il avait vécu si longtemps qu'il n'y prêtait plus attention. Réveillé à sept heures, il allait coiffer ses cheveux bruns – qui n'avaient jamais besoin de l'être, trop courts pour qu'il y apparaisse la moindre mèche folle – et se rafraîchir le visage. Ses traits masculins paraissaient durs mais le rendaient digne de figurer dans un magazine de mode. Or, dès qu'il souriait, il rayonnait d'empathie et de tendresse, et en dépit de son apparence parfois sérieuse, on sentait au premier regard qu'il s'agissait d'un garçon débordant de bonté.

Une fois apprêté pour sa journée, il enchaînait petit déjeuner, vidéos YouTube, vingt minutes de vélo jusqu'à son travail, puis à midi il mangeait avec des collègues en salle de pause et rejoignait son bureau. Il en sortait à dix-sept heures, souvent dix-huit – jamais plus de dix-neuf – et remontait sur sa bicyclette non pas pour rentrer chez lui mais pour s'octroyer une heure à la salle de musculation de son quartier. Douche, puis retour dans son appartement, une vidéo ou deux pendant qu'il dînait, et il passait un moment à lire avant de se coucher.

Chaque jour ressemblait à un copier-coller quasi parfait du précédent – exception faite du week-end, où enfin il avait l'occasion de casser le quotidien. En y réfléchissant, Soochul ne pouvait pas se dire heureux. Pour autant, jamais il ne se prétendrait malheureux. Il s'ennuyait parfois un peu, et quand il songeait à la monotonie de sa vie, il lui arrivait de rêver de ce qui pourrait bouleverser sa routine. Un nouveau travail, quelqu'un à aimer, ou bien un évènement soudain et imprévu.

Or, ça ne risquait pas d'advenir. Il adorait son petit boulot paisible dans une entreprise qui s'évertuait à traiter de façon humaine et bienveillante ses employés. Il ne s'imaginait pas s'en aller, d'autant plus qu'il n'habitait pas loin. De même, lui qui par malheur préférait les hommes aux femmes avait choisi pour lors de demeurer célibataire plutôt que de s'exposer à des regards haineux et d'odieuses réflexions. Enfin, parce qu'il se complaisait dans son ennui, un quelconque évènement inattendu était synonyme plus de danger que d'euphorie.

Soochul quittait peu son appartement. Casanier, il privilégiait la lecture lors de ses jours de repos, peu attiré par une course aux bars avec les collègues desquels il se sentait le plus proche. Il lui arrivait de s'accorder une sortie au musée, ou bien en pleine nature.

Il était seul et solitaire, à la fois insatisfait et incapable de mettre le doigt sur un moyen de jouir de son existence.

Ainsi, ce matin-là, après quelques vidéos pendant lesquelles il avait pris son petit déjeuner, le jeune homme – car il était âgé de vingt-cinq ans – s'interrogea quant à son programme du jour. C'était le week-end et la veille, il en avait profité pour se reposer et errer chez lui. Or, à présent, il désirait sortir… mais pour faire quoi ?

Puis il se rappela cette galerie d'art à quelques kilomètres de chez lui et qui avait récemment annoncé une nouvelle exposition. Il ne s'y était pas encore rendu par pure paresse, mais aujourd'hui, il se sentait d'humeur à marcher une demi-heure. Il faisait beau et, pour une fois, pas trop chaud malgré l'été qui approchait. C'était le jour idéal pour se balader avant de s'enfermer dans une galerie, véritable caverne d'Ali Baba à ses yeux.

Inutile de vérifier les horaires de l'établissement ou bien le trajet : il les connaissait par cœur. Il en côtoyait même le fils du propriétaire. Hwang Yongbae – c'était là son nom – travaillait à l'accueil, et pour avoir souvent discuté avec lui, Soochul savait que le jeune homme, un passionné, comptait bien reprendre l'affaire de son père qui ne tarderait plus à partir en retraite.

Heureux donc à l'idée de retrouver en plus ce garçon d'une vingtaine d'années qu'il considérait comme un ami, Soochul arrêta sa décision : cet après-midi, il irait découvrir la nouvelle exposition qui lui faisait envie ! Ravi d'avoir quelque chose de prévu – tous ses weekends ne se passaient pas de cette manière –, il se prépara puis s'accorda un peu de temps devant un film. En dépit d'une petite chambre, il avait tout agencé de manière à y faire entrer à la fois son bureau, son meuble sur lequel trônait sa télévision et sa bibliothèque, pleine à craquer. Le tout, disposé de façon harmonieuse et aux couleurs boisées, était accompagné de son lit et de plusieurs plantes d'intérieur dont Soochul adorait prendre soin.

Son déjeuner avalé, il attrapa sa sacoche et fila.

Dans la rue, il se baladait en profitant du soleil qui lui caressait la peau sans la brûler, et il se réjouissait de cette brise agréable qui rafraîchissait d'autant plus l'air printanier. Équipé de son fidèle smartphone, il songeait déjà à toutes les photos qu'il pourrait prendre, aussi bien dans la galerie qu'à l'extérieur, puisqu'en chemin il croisait toujours un charmant parc qu'il aimait beaucoup.

En effet, si Soochul ne comptait pas parmi ceux qui sortaient souvent ou passaient leur temps sur les réseaux, il alimentait néanmoins de façon régulière sa page Instagram de clichés de ses promenades ou bien de citations de romans qu'il lisait. Il était peu suivi, mais il s'en moquait, car l'essentiel à ses yeux était que tout ça constituait son propre petit musée.

Ainsi, après une demi-heure de marche paisible dans les rues de la capitale sud-coréenne, Soochul atteignit enfin sa galerie d'art favorite. L'exposition à laquelle il désirait assister n'était pas des moindres ce jour-là, puisqu'il s'agissait du célèbre Lee Ufan, de qui Soochul avait eu le bonheur d'admirer les œuvres quelques années plus tôt, dans cette même galerie. L'endroit ne disposait que d'une mince partie de la collection, mais des tableaux qu'il n'avait encore jamais pu observer s'y trouvaient, si bien qu'il n'avait pas hésité longtemps.

Soochul poussa la porte et, après quelques secondes pendant lesquelles il chercha son ami des yeux, de larges mouvements attirèrent son attention. Yongbae, un immense sourire aux lèvres, lui adressait des signes peu discrets, et aussitôt il vint à lui.

« Soochul-ssi[1], je suis content de te voir ! J'étais sûr que tu passerais !

— Comme d'habitude, opina son aîné. J'allais pas rater ça. »

---

[1] *Particule qui marque le respect.*

La discussion ne se poursuivit que quelques instants avant que chacun retourne de son côté : Yongbae alla accueillir des visiteurs tandis que Soochul tirait son portable de sa poche pour photographier les œuvres. La décoration de la galerie, épurée, mettait en valeur les tableaux. Le jeune homme étudia chacun d'entre eux avec un intérêt tout particulier. Il s'interrogeait sur ce que cherchait à transmettre l'artiste, il se questionnait sur les émotions que ces couleurs faisaient jaillir en lui, puis son esprit se perdait dans mille considérations qui avaient pour unique point de départ l'œuvre sous son regard distrait.

Deux heures passèrent pendant lesquelles il lui sembla avoir voyagé dans un monde qui n'appartenait qu'à lui. Songeant qu'il était encore tôt pour s'enfermer chez lui, Soochul quitta la galerie et s'offrit, dans un café tout proche, une canette de soda ainsi qu'une glace. Armé de ce qui constituerait un petit en-cas, il s'installa sur l'herbe chaude du parc voisin où il flâna un long moment, étendu sur la pelouse à rêvasser. Il en profita pour poster ses photos et, lorsqu'il faillit s'endormir, il estima que l'heure était peut-être venue de rentrer.

Même s'il n'était pas dix-sept heures.

D'un pas tranquille et pour se dégourdir les jambes, il emprunta un chemin qu'il connaissait et qui lui permettait de rentrer après un détour qui rallongerait sa promenade. Habitué à ce trajet, il fut surpris quand, après une dizaine de minutes, alors qu'il traversait une ruelle peu fréquentée, il découvrit une boutique qu'il n'avait jusque-là jamais remarquée. Un antiquaire. L'échoppe, loin de la modernité sobre de la galerie précédemment visitée, possédait un charme vintage qui, pour Soochul, n'avait rien de désuet. Une façade de pierre sombre et une enseigne « Antiquités » fixée au-dessus de la porte laissée ouverte.

Attiré par la vitrine, il approcha : lui qui aimait les musées, rien d'étonnant à ce qu'elle l'intrigue.

Des tableaux, des meubles de diverses origines et époques, des bibelots en tous genres. Émerveillé, Soochul se décida à entrer. Une clochette sonna, et il salua le propriétaire : un vieil homme qui se tenait derrière un comptoir de bois sombre et verni. Le temps avait marqué sa peau sans pour autant s'en prendre à son regard aussi vif que celui d'un adulte dans la fleur de l'âge. Ses cheveux blancs étaient coupés court et coiffés de façon élégante. Il paraissait affable avec son sourire avenant, et sa chemise immaculée de laquelle il avait laissé deux boutons ouverts lui donnait un air décontracté plutôt que sévère. L'endroit, loin de sentir le renfermé, dégageait une agréable odeur de produits ménagers, preuve qu'il était entretenu avec amour.

« Bonjour jeune homme, lui répondit le propriétaire, vous avez vu quelque chose qui vous intéressait ?

— Oh… non, en fait, je… ça ne vous dérange pas que je me contente de regarder ?

— Bien sûr que non, au contraire, je suis heureux qu'on prête une attention si particulière à ce que certains ne considèrent que comme des vieilleries inutiles. Si vous avez du temps, je peux même vous les présenter : chaque objet ici a une histoire, et je connais chacune d'entre elles.

— C'est vrai ? »

L'homme opina et quitta sa caisse. Il se fraya un passage pour rejoindre Soochul. Le magasin en effet, s'il présentait une allée large qui menait jusqu'au comptoir, ressemblait cependant davantage à un amas de bibelots. Tout semblait pourtant bien rangé, agencé de manière propre et sans que ça paraisse désordonné. Il y en avait beaucoup – trop –, mais aucun risque de faire tomber quoi que ce soit. En revanche, pour ce qui était d'atteindre les meubles du fond… mieux valait être mince… très mince. D'étroits couloirs permettaient d'accéder aux étagères les plus lointaines et, si Soochul comprit vite que le propriétaire était habitué à les emprunter, il n'en allait pas de même pour lui qui, pénalisé par sa maladresse, craignait de tout détruire à la manière d'une file de dominos : qu'un seul objet chute et il en entraînerait bon nombre à sa suite.

« N'ayez pas peur, s'amusa le vieil homme en remarquant le visage de son client, je vous assure que vous ne casserez aucune de ces antiquités. »

Soochul, peu sûr de lui, opina malgré tout et le suivit à travers un premier petit couloir qui les mena à une vitrine. L'étagère la plus haute présentait diverses médailles et coupes, celle en dessous arborait un nombre impressionnant de pièces placées dans de précieux écrins, et les deux rayonnages les plus bas étaient remplis de vaisselle rare.

« Vous vous rendez compte, songea le propriétaire, j'ai rencontré la famille de chaque sportif à qui ces médailles ont appartenu. Des familles qui avaient perdu beaucoup et qui espéraient que vendre un bien si précieux leur permettrait de remonter la pente. »

Le garçon, qui savait qu'il avait devant lui tout le temps nécessaire pour se permettre d'écouter ces récits, garda un silence religieux pendant que son interlocuteur lui expliquait tout ce qu'il avait appris. Tout y passa : aussi bien l'histoire de ces objets que celle de ceux qui les avaient possédés. Admiratif face à un tel flot d'informations débitées sans une hésitation, Soochul ne vit pas les heures s'écouler. Le vieil homme avait un véritable don de conteur, le plus jeune buvait ses paroles avec un intérêt qui ne faiblissait pas.

C'était fascinant, il prit même quelques antiquités en photo.

Lorsqu'il se rendit compte que la nuit était tombée, le pauvre se demanda comment il avait pu passer près de quatre heures ici. Il lui semblait se trouver là depuis bien moins longtemps. Par conséquent, tandis que le propriétaire terminait son explication détaillée de la vie d'un meuble occidental daté du dix-neuvième siècle, Soochul décida de partir. L'homme se tut, l'autre s'apprêtait à le saluer quand son regard coula sur un objet posé de façon discrète vers une vitrine, sur un guéridon de chêne sculpté.

« Je ne vais pas vous ennuyer plus longtemps, indiqua donc Soochul, mais… avant que je parte, est-ce que vous pourriez me dire d'où vient cette statuette ? »

L'antiquaire se tourna pour découvrir qu'il parlait d'une statuette de terre glaise, haute d'environ vingt centimètres. Elle représentait un garçon d'une vingtaine d'années au physique angélique : des yeux fins, des joues rondes adorables, un petit nez qui mettait en valeur des lèvres pulpeuses, et une silhouette mince soulignée par un hanbok[2] aérien – une tunique qui lui tombait mi-cuisses et un pantalon large.

---

[2] *Vêtement traditionnel coréen.*

« C'était un prince ? s'enquit Soochul qui s'émerveillait de chaque détail dont était pourvue la sublime figurine.

— Oh... je suis honoré que vous imaginiez qu'il s'agisse d'un prince, mais cette statuette n'est rien d'autre qu'une de mes œuvres.

— Vous ? C'est vous qui l'avez sculptée ? s'étonna Soochul, les yeux pétillants d'admiration.

— Eh oui, c'est moi. Mon neveu venait souvent ici, il adorait tous ces objets. Il n'avait pas beaucoup d'amis, vous savez, et il était plutôt renfermé. Quand il a commencé ses études supérieures, il n'a plus eu le temps de venir. J'ai façonné cette statuette pour lui porter bonheur, mais je n'ai jamais eu l'occasion de la lui remettre.

— Vous ne le voyez plus ?

— Pratiquement plus, non.

— Oh... j'en suis désolé.

— Vous n'avez pas à l'être.

— Elle est magnifique en tout cas, vous pouvez être fier de vous, je vous assure, sourit Soochul avec tendresse.

— Je vous en remercie. »

L'homme contempla la figurine quelques secondes durant avant de se tourner de nouveau vers son client.

« Si elle vous plaît, je vous l'offre, décida-t-il. Pour vous remercier d'avoir passé cet après-midi avec moi : vous m'avez rappelé mon neveu, ça m'a fait sincèrement chaud au cœur. À votre âge, vous pouvez encore profiter de la vie de mille façons différentes, mais vous, vous avez préféré écouter un vieux radoter. J'ai été heureux de partager mes histoires avec quelqu'un, comme autrefois. Prenez-la, termina-t-il en attrapant avec délicatesse la statuette pour la lui tendre, elle est à vous désormais.

— V-Vous êtes sérieux ? balbutia Soochul. Vous me l'offrez ?

— Je serais honoré que vous acceptiez.

— C'est pour moi que c'est un honneur, merci beaucoup ! J'en prendrai grand soin !

— Je compte sur vous : cet objet est unique, et les objets les plus rares sont les plus fragiles. Il faut en prendre soin : s'ils se fissurent, ils auront besoin d'attention pour que les fêlures se referment puis s'effacent… et s'ils n'en reçoivent pas, ils risquent de se briser. Alors, il ne sera plus possible de les réparer, et ils perdront ce qui les rendait si exceptionnels.

— Comptez sur moi, je veillerai sur lui.

— Je vous fais confiance. »

2

Soochul fut touché de lire dans le regard du vieil homme une telle sincérité et un tel amour pour cet objet qu'il avait fabriqué de ses mains. Il remercia le propriétaire pendant encore de longues secondes avant de le saluer et de quitter l'échoppe, avec entre les mains le porte-bonheur emballé dans du papier. Enchanté, il rentra chez lui et, arrivé dans son studio, il réfléchit à l'endroit parfait où installer sa statuette.

Celui qui lui parut le plus sûr fut sa bibliothèque : calée entre deux livres avec devant elle l'enceinte miniature de Soochul, la figurine ne risquait pas de tomber !

Il jeta ensuite un bref coup d'œil aux photos qu'il avait prises de cette merveille à la boutique. Il hésita, puis décida de ne pas les poster. Sans pouvoir l'expliquer, il désirait les garder pour lui. Il souhaitait que ce garçon de glaise reste son secret. Son porte-bonheur.

Parce qu'il devait se lever tôt le lendemain, Soochul se coucha peu de temps après, et il ferma les paupières dans un dernier regard pour cette œuvre d'art qui lui appartenait désormais, lâchant dans un murmure :

« Je prendrai soin de toi. »

~~~

Soochul s'éveilla dans un sursaut après avoir entendu le bruit d'un vase qui se brisait.

Sauf qu'il n'avait pas de vase chez lui.

Son esprit embrumé ne saisit pas tout de suite ce que ça impliquait, il doutait même que ce vacarme ait été provoqué par un réel objet : il l'avait peut-être rêvé, après tout… Ainsi, peu effrayé, il se contenta de vérifier l'heure sur son portable puis de refermer les yeux.

Au petit matin, alors que ses rideaux laissaient le soleil baigner sa chambre d'une lumière encore tamisée, le réveil sonna. Soochul bâilla, s'étira de longues secondes durant, puis finit par réussir à garder les paupières ouvertes. Une masse étrange au pied de son étagère attira son attention. Il fronça les sourcils, songeant d'abord à un amas de couvertures, puis il sursauta en reconnaissant la forme d'une personne.

Quelqu'un s'était introduit chez lui !

Paniqué, Soochul se redressa et bondit hors de son lit. Il demeura immobile, le regard fixé sur… l'endormi ? Même s'il n'était pas convaincu du sexe de son intrus, les cheveux courts rappelaient plutôt un garçon. Or, impossible de voir son visage : il était recroquevillé de sorte à le cacher. Son corps qui bougeait à un rythme lent et régulier laissait penser qu'il s'était assoupi, et bien qu'il vienne à peine de se réveiller, Soochul tenta de comprendre ce qui avait pu se passer.

Il essaya de se souvenir de la veille : non, il était rentré seul, il avait juste rapporté… sa statuette !

Aussitôt le jeune homme dirigea son attention sur l'étagère de sa bibliothèque sur laquelle il avait posé la figurine de glaise. Disparue. Son porte-bonheur avait disparu. Ahuri, incapable de saisir ce qui lui arrivait, Soochul attrapa le livre qui traînait sur son bureau, un beau livre sur la peinture. Avec sa couverture dure et ses six cents pages, il s'agissait là de l'arme idéale pour le pauvre qui ne trouva rien d'autre.

Il hésita à approcher et décida de s'emparer plutôt de son portable : le bouquin lui servirait de moyen de défense, mais hors de question d'affronter son adversaire s'il ne s'y voyait pas contraint. Il allait d'abord contacter la police. Soochul dut s'avancer vers l'étranger pour prendre son smartphone, si bien qu'il en profita pour s'assurer qu'il dormait bel et bien.

Le garçon – c'en était un – ne bougea pas, et Soochul non plus. Car de ce nouvel angle, il pouvait enfin discerner le profil de son cambrioleur… et il en demeura stupéfait. La bouche entrouverte et les yeux écarquillés sous l'effet de la surprise, il reconnut aussitôt ces traits angéliques.

« La statue de glaise ? » balbutia-t-il sans réfléchir.

Comme si l'appelé avait attendu un signe de sa part pour s'animer, il se mit à remuer. Le cœur de Soochul lui transperça les côtes tandis qu'il bondissait en arrière, effrayé, en brandissant son livre. Incapable de prononcer le moindre mot, il regarda l'intrus s'étirer, cligner des paupières et s'asseoir. Enfin, après d'intenses secondes que Soochul passa paralysé par la peur, la statuette leva deux yeux pétillants dans sa direction et lui adressa un sourire angélique.

« Bonjour. »

Soochul resta coi. Il essayait d'assimiler ce qui semblait advenir : une statuette donnée par un vieil antiquaire avait pris vie cette nuit et, devenue un véritable garçon, elle le saluait de manière si naturelle qu'on pourrait croire que le fou dans cette histoire, c'était Soochul.

« Tu… t-tu, balbutia-t-il sans savoir quoi répondre.

— Oui ? »

L'intrus (en était-ce un ?) pencha la tête de côté avec une moue innocente.

« Tu voulais dire quelque chose ? » tenta-t-il de nouveau pour l'encourager.

Soochul, aphasique, se contenta d'opiner de gauche à droite sans qu'une seconde son regard s'éloigne du visage de l'étranger. Ce dernier gloussa.

« T'es bizarre, songea-t-il. T'es toujours comme ça ?

— Bizarre ? répéta Soochul qui ne pouvait toujours pas admettre ce qui lui arrivait.

— Pourquoi t'écarquilles les yeux comme ça ?

— B-Bah… parce que tu… enfin, t'es… t'es qui ?

— Je m'appelle Junghwan.

— Et t'es qui, Junghwan ?

— Je suis Junghwan.

— T'es la statuette ? »

Question surréaliste…

« Oui. »

Réponse tout aussi surréaliste.

« C'est pas possible, souffla Soochul.

— Bah du coup… si.

— Je peux pas y croire.

— Je peux manger, s'il te plaît ?

— J'ai pété un câble, marmonna Soochul pour lui-même.

— J'ai faim.

— C'est du délire…
— Que j'aie faim ?
— Que t'existes.
— Donc j'aurai pas à manger ? »

L'estomac du dénommé Junghwan se serra tout à coup dans un grognement peu discret.

« C'est une caméra cachée, c'est ça ? poursuivit Soochul.

— Non, ça c'était mon ventre.

— Non, pas ça… ça, » rectifia Soochul en le désignant.

Junghwan, perplexe, baissa les yeux sur son propre corps. Surpris, il releva la tête.

« Je suis pas une caméra cachée, je suis Junghwan.

— Et en plus tu te fous de ma gueule…

— J'ai fait quelque chose de mal ?

— Tu… enfin… mais…

— Et c'est mal ? l'interrogea encore l'intrus.

— Je suis fou.

— Oh, enchanté ! Moi je suis Junghwan ! »

Le pire, c'était sans doute que Junghwan paraissait tout à fait sincère. Soochul se sentit ridicule, et il lui semblait que la candeur de Junghwan soulignait sa propre stupidité. Ainsi, incapable de trouver ses mots, il reposa son portable, son livre, puis déglutit avant de pousser un long soupir.

« Tu te sens bien, Fou ?

— Je m'appelle pas Fou, râla l'autre, mais Soochul.

— Ah, d'accord ! Et du coup ça va ?

— Un peu mieux… qu'est-ce que tu fais là ?

— J'attends de manger.

— Mais non, se plaignit le pauvre garçon, je te demande comment t'es arrivé ici, dans ma chambre ! T'es entré par où ?

— Avec toi, par la porte.

— Tu veux dire que t'es vraiment la statuette ?

— Oui. »

Ça paraissait si logique, dit comme ça.

Soochul cligna des yeux. Il déglutit. Il se frotta les paupières et soupira.

« Je peux pas croire que je te croie… »

Junghwan garda le silence.

« Faut qu'on aille au magasin d'antiquités. Tout de suite.

— On peut manger avant ?

— T'as vraiment besoin de manger pour vivre ?

— Oui.

— On mangera en chemin. »

Soochul se rappelait avoir lu les horaires de la boutique : elle ouvrirait d'ici une demi-heure, la demi-heure nécessaire aux garçons pour s'y rendre. Il songea qu'ils devraient s'habiller pour partir, moment auquel il prêta attention aux vêtements de Junghwan : la tunique de son hanbok était azur clair, son pantalon large en tissu était quant à lui coloré d'un bleu plus sombre. Entre ses habits aériens, ses cheveux blonds bouclés et ses yeux d'un marron profond, il ressemblait à un ange.

Il avait l'air irréel. Impossible qu'un garçon si magnifique existe, il fallait qu'il s'agisse d'une sculpture ou bien d'un tableau. Convaincu désormais que Junghwan ne représentait pas une menace (du moins pour l'instant), Soochul se détendit.

« Je vais me changer, je reviens. »

Junghwan fit la moue sans même sembler s'en apercevoir. L'autre comprit tout à coup.

« Viens, la cuisine est par là. »

Le regard de Junghwan s'illumina. Il se redressa et suivit Soochul qui lui présenta en quelques mots son appartement de trois pièces – chambre, salle de bains et cuisine.

« T'as besoin de te laver ? demanda-t-il une fois arrivé à la salle de bains.

— Oui. Je suis comme toi, tu sais.

— Oh… o-oui, je… je voulais pas te vexer, désolé.

— Je suis pas vexé.

— Ah, ok. Tu veux prendre une douche tout de suite ?

— Après manger, s'il te plaît.

— Comme tu veux. »

Ils retournèrent à la cuisine visitée un peu plus tôt, et Soochul présenta le contenu de ses placards à Junghwan pour s'enquérir de ce qu'il souhaitait. Une fois son repas choisi, le jeune homme s'installa à la table et commença à se nourrir. Son hôte n'osa pas rester de peur que de nouveau son regard ne se verrouille sur lui. Il alla se laver et s'habilla, repartant ensuite à la cuisine avec une indescriptible crainte au ventre. Est-ce que Junghwan allait chercher à l'attaquer ? Avait-il fui ?

Non. Le garçon aux airs d'ange avait terminé son petit déjeuner et nettoyait à présent la vaisselle en sifflotant. Soochul n'en croyait décidément pas ses yeux, et malgré l'évidence, il refusait encore d'admettre qu'il ne délirait pas ni ne rêvait. Oui, un rêve ! Il allait sans aucun doute se réveiller bientôt !

Il tenta de mettre de côté le fait que sa douche froide, il l'avait bien sentie, preuve qu'il s'agissait de la réalité, et l'idée qu'il se trouvait dans un rêve le réconforta. Même s'il savait que ce n'en était pas un.

De toute façon, il allait se débarrasser de cet étrange garçon. Songer à ça le soulagea d'autant plus, et il entra dans la pièce sans chercher à se montrer discret. Junghwan se tourna vers lui sans cesser de siffler, et ses lèvres attirèrent aussitôt l'attention de son aîné qui retrouva bien vite ses esprits lorsqu'il arrêta.

« On va y aller, annonça Soochul, t'es prêt ?

— Oui. On va faire quoi chez l'antiquaire ? »

Il n'avait donc pas compris ?

« Faut que tu retournes auprès de lui, je… je peux pas te garder dans de telles conditions. Je pensais qu'il me confiait une statue de glaise, pas… un garçon.

— Oh… alors c'est parce que je te gêne…

— Non, nia aussitôt Soochul – et il se surprit à craindre de vexer cet étrange personnage. Juste… je peux pas.

— On veut jamais de moi, de toute façon, susurra Junghwan de qui le regard se teinta soudain de peine. Je suis jamais assez bien.

— Mais… qu'est-ce que tu racontes ? T'as déjà appartenu à quelqu'un d'autre ?

— Le dernier disait que j'avais des grosses joues toutes rondes… »

Déconcerté par le soudain changement d'humeur de Junghwan, Soochul demeura impuissant devant son air qui s'assombrissait à mesure qu'il parlait. Il paraissait plongé dans des souvenirs dont il ne contrôlait pas le flot, submergé par ce qui le blessait.

« Ça a rien à voir, tenta alors Soochul. C'est juste que je te connais pas, c'est super bizarre. Tu comprends ?

— Oh… je comprends. »

Il n'en semblait pas consolé pour autant. Ses yeux fixaient non la pièce devant lui, mais des évènements loin derrière. Soochul, préférant ne pas épiloguer, alla enfiler des chaussures. Parce que Junghwan ne possédait que les élégantes pantoufles bleues qu'il portait jusque-là et qui pouvaient passer pour des chaussures d'été, son hôte décida qu'il pouvait sortir habillé ainsi. Les deux quittèrent l'appartement dans un silence de plomb, et la vingtaine de minutes qui les séparait de la boutique d'antiquités parut bien longue à Soochul. Junghwan n'avait pas retrouvé son sourire, ses yeux avaient perdu leur éclat. Aucun doute quant au fait qu'il ressassait des souvenirs difficiles – mais des souvenirs de quoi, au juste ?

Soochul préféra ignorer sa détresse, songeant qu'il ne saurait de toute manière pas s'occuper de lui. Arrivé dans la ruelle, il se sentit plus serein : ce moment loufoque allait bientôt prendre fin, et il n'aurait en plus pas la moindre minute de retard à déplorer. Il serait à l'heure au travail.

Or, il déchanta quelques instants après, lorsque son regard stupéfait rencontra l'avis de fermeture définitive placardé sur la porte. Une fermeture datée de près d'un mois auparavant.

3

« Q-Qu'est-ce que… mais… »

La vitrine ne laissait plus rien voir que le comptoir, tous les meubles avaient disparu. La boutique semblait s'être envolée du jour au lendemain.

« Junghwan, est-ce que tu sais ce qui s'est passé ici ?

— Ça a fermé, affirma le jeune homme avec au cœur une tristesse que lui-même ne comprenait pas.

— Certes, mais… enfin, j'étais là hier. Ça a pas pu fermer y a un mois.

— Je sais pas. »

Qu'allait-il faire de Junghwan ? Il n'allait pas le garder, si ? Il devait exister un moyen de… de quoi, au juste ? Se débarrasser de lui ? Soochul n'allait quand même pas éprouver de la compassion pour une statuette de glaise ! Pour un banal rêve ! Il devait trouver une solution au plus vite, il n'avait plus une minute à perdre !

Et comme chaque fois que l'angoisse prenait le dessus, Soochul vit ses pensées s'emmêler pour ne former plus qu'un nœud monstrueux. Rien ne lui vint. Qui contacter ? L'agence qui lui avait loué ce local, non ? Ensuite il demanderait le numéro du propriétaire, oui ! Mais aucun numéro ne figurait sur le papier affiché sur la porte… et il n'avait pas le temps pour tout ça maintenant !

« Bon, Junghwan, on va rentrer. Je dois aller au boulot. On verra ce qu'on fait ce soir. En attendant, tu vas rester chez moi, d'accord ? Et si t'as la moindre info sur l'antiquaire, dis-le tout de suite.

— Désolé, je sais rien du tout…

— Tant pis, je me débrouillerai. Mais là j'ai pas le temps. »

D'un signe, il lui intima de le suivre. Junghwan, toujours aussi docile, obéit sans répliquer. Soochul lui jetait de fréquents regards, et plus le temps passait, plus il lui semblait voir les jolis traits de sa statuette se décomposer pour laisser apparaître de manière évidente sa peine. Ainsi, lorsque la porte se referma derrière eux, le jeune homme aperçut une larme se former au coin de ses yeux.

Il n'osa pas prononcer la moindre remarque, et Junghwan, une fois déchaussé, s'en alla à la chambre.

Soochul appréciait son appartement pour deux raisons. D'une part, sa petite taille – à peine plus de vingt-mètres carrés, terrasse comprise – en faisait un bien peu cher, et d'autre part, il l'avait décoré de meubles sobres et de plantes qui apportaient à l'endroit une indescriptible fraîcheur qui lui apaisait l'esprit. Or, il se sentait désormais oppressé ici. Junghwan dégageait quelque chose de sombre, une peine bien plus lourde que ce que Soochul se figurait.

Comme si la statuette avait déjà vécu auparavant… ou plutôt, comme si elle avait déjà souffert – et au vu de ce que Junghwan avait admis un peu plus tôt, Soochul n'en doutait plus. Il ne parvenait néanmoins pas à chercher plus loin pour le moment : il devait se rendre au travail, il s'éterniserait dans son couloir plus tard.

Il n'aimait pas l'idée de devoir laisser sa statuette seule ici, mais parce qu'elle lui paraissait calme et qu'il n'avait pour lors pas le choix, il devait se fier à elle.

« Junghwan, je dois aller travailler, je suis désolé de pas pouvoir rester. Je te laisse l'appartement, y a un double des clés sur le bureau, en cas d'urgence. Hésite pas non plus à te servir dans le frigo. »

Junghwan, allongé sur le lit, ne répondit pas. Craignant qu'il ne l'ait pas entendu ou qu'il dorme, il lui demanda si tout lui convenait.

« Oui, merci, » souffla le jeune homme d'une voix faible.

Soochul se sentit chagriné sans comprendre pourquoi : il était question d'une simple statuette, pas d'un garçon ! Il ne devait pas se fier à son apparence !

« À ce soir, Junghwan.

— Passe une bonne journée, hyung[3]. »

Soochul ne releva pas la façon dont il l'avait qualifié, il attrapa de quoi déjeuner puis partit.

Sa journée lui parut plus longue et morne que jamais. Il n'arrêtait pas de s'interroger à propos de la sculpture. Pouvait-il s'être mis à halluciner tout à coup ? Non, impossible, il n'avait pas rêvé Junghwan, il en était convaincu ! Pourtant… s'il ne l'avait pas rêvé, alors que s'était-il passé ? La magie, il n'y croyait pas, il s'avérait bien trop rationnel pour ça. Mais dans ce cas… de quoi s'agissait-il ? « Rien ne se perd, rien ne se crée, tout se transforme », d'accord, toutefois il fallait avouer que dans le cas présent, la transformation en question laissait perplexe ! Il n'avait pas étudié les sciences, mais pas besoin de jugeote pour comprendre que quelque chose clochait !

Il n'osait pas en parler à ses collègues, ils le prendraient pour un fou – et Soochul ne pourrait pas le leur reprocher. Peut-être devrait-il renvoyer

---

[3] *Terme utilisé par un garçon pour désigner un garçon plus âgé que lui de qui il se sent proche (un frère, un ami, etc).*

Junghwan, juste le renvoyer. Il se débrouillerait, il n'était après tout même pas humain, alors à quoi bon veiller sur lui ? Du temps perdu pour rien. Ou bien peut-être rentrerait-il et le trouverait-il sous sa forme de statuette, auquel cas il réussirait à se débarrasser de lui sans trop de remords.

Soochul poussa un profond soupir. Non, il n'arriverait pas à l'abandonner sans ménagement. Son cœur trop généreux lui interdirait un tel geste. Que Junghwan vive encore ou non à son retour, il n'accepterait de s'en séparer qu'à condition d'avoir retrouvé le vieil antiquaire et de lui rendre enfin son cadeau empoisonné.

En dépit de la situation, Junghwan était pour le moment mignon, attachant, et il refusait de lui faire courir le moindre danger.

Soochul rentra en pédalant plus vite qu'à l'accoutumée. Plus il se rapprochait de chez lui, plus l'anxiété lui nouait l'estomac. Et si Junghwan avait essayé d'allumer un appareil électrique et avait mis le feu ? Pressé de partir, Soochul n'avait même pas envisagé qu'il puisse saccager son domicile, quel idiot ! Junghwan n'était pas le fils du voisin, c'était une statuette de glaise : que savait-il du fonctionnement de son appartement !

En arrivant au pied de son bâtiment, il fut au moins rassuré sur un point : aucun incendie domestique n'avait ravagé son logement, qu'il se hâta de gagner. Il entra, et à peine eut-il franchi la porte qu'il entendit le son de la télévision provenant de la chambre. Il fronça les sourcils puis s'y rendit une fois ses chaussures enlevées. Junghwan, assis en tailleur sur le lit, observait avec une moue absente un programme de téléréalité présentant vingt jeunes gens désireux d'intégrer un groupe de K-pop. Cinq garçons soumettaient leur chanson à un jury trié sur le volet.

« Bonsoir, Junghwan, tout va bien ? s'enquit Soochul d'un ton soucieux.

— Oui, très bien. Ta journée a été bonne ?

— Oui, et toi ? T'as réussi à allumer la télé, je vois…

— Ouais, mais j'ai passé un moment à chercher la télécommande.

— Tu connais ?

— Comment ça ?

— Tu sais utiliser une télécommande pour allumer la télé ? »

Junghwan attrapa l'appareil à ses côtés, éteignit l'écran, et tourna vers Soochul un regard las.

« Bah quand même, je suis pas si empoté…

— C-C'est pas ce que je voulais dire, mais… t'es une statue.

— Et ?

— Comment tu sais te servir d'une télécommande ? Comment tu sais ce qu'est une télévision ?

— Je sais pas pourquoi je le sais, mais je le sais. Comme parler, lire ou écrire. Je sais.

— C'est incroyable ! Et tu sais pas non plus comment t'as fait pour te changer en garçon alors que t'es une statuette ?

— Non plus. Je l'ai fait, c'est tout.

— Et… tu penses redevenir une statuette ?

— Tu voudrais que je le redevienne ? s'inquiéta tout à coup Junghwan.

— Je sais pas. T'en aurais pas envie, toi ?

— Non.

— Pourquoi ? »

Junghwan lui jeta un regard torve qui dissuada son ami de poser la moindre question supplémentaire, pourtant il avoua lui-même d'un murmure :

« Je sais pas… mais rien que d'y penser, j'en ai des frissons dans le dos. »

L'autre acquiesça sans chercher plus loin pour le moment. Il préféra se concentrer sur une idée qui avait germé en lui dans la journée.

« Je vais appeler l'agence qui s'occupe de la boutique d'antiquités, affirma-t-il, on va voir si le vieil homme a laissé des coordonnées auxquelles le joindre.

— S'il avait voulu que ses clients puissent le joindre, tu crois pas qu'il aurait laissé lui-même un numéro sur la pancarte placardée à la porte ?

— Je sais pas, mais ça vaut le coup d'essayer. J'ai cherché sur internet mais j'ai trouvé aucun site lié au magasin, rien du tout. Je n'ai plus que ça. »

Soochul vérifia d'abord sur son portable que l'agence était ouverte à cette heure. Une chance, il terminait tôt, si bien qu'il pouvait encore les contacter. Il appuya sur le numéro affiché sur son écran, lança l'appel, et amena son smartphone à son oreille. On décrocha : une femme se présenta avant de lui demander ce qu'il désirait.

« J'ai acheté un objet dans une boutique d'antiquités qui a fermé, c'est votre agence qui louait les locaux au propriétaire, et je voulais savoir s'il avait laissé un numéro, une adresse, une adresse mail, ou n'importe quoi pour le joindre. »

Il patienta après avoir donné l'adresse de la boutique, et la femme à l'autre bout du fil, au terme de quelques instants de recherche, s'excusa.

« Nous n'avons rien à son sujet qui puisse être divulgué, je suis désolée.

— Il n'a rien laissé ?

— Rien qu'il ait explicitement accepté de donner à un inconnu, précisa la femme.

— Vous avez son numéro ? Vous pourriez lui demander s'il accepte de me le passer ? S'il vous plaît, c'est important, dites-lui que ça vient de celui à qui il a offert une statuette de glaise, il saura que c'est moi. Dites-lui que j'ai besoin de le contacter.

— Je verrai ce que je peux faire, j'essaierai de lui téléphoner demain. Rappelez demain soir, s'il vous plaît.

— Bien. Merci pour votre aide. »

Elle répondit, et l'échange se coupa peu après. Soochul poussa un soupir dépité en raccrochant sous les yeux perplexes de Junghwan qui l'interrogea d'un haussement de sourcils. Il lui résuma la conversation.

« Donc tu comptes faire quoi ? s'enquit le jeune homme d'un ton méfiant.

— Bah attendre demain soir.

— C'est vrai ?

— J'ai pas trop le choix. »

Junghwan acquiesça, peu enclin à souligner qu'il voulait en vérité savoir ce qu'il comptait faire de lui. Pour le moment, tout ce qui lui importait, c'était que Soochul ne comptait pas le jeter à la rue.

Soulagé, il haussa les épaules.

« Je te dérangerai pas, t'inquiète pas. J'ai même cuisiné le dîner. »

Soochul songea à répliquer, lui demander comment il avait bien pu cuisiner, lui qui n'était qu'une statuette… mais il garda le silence, estimant qu'il récolterait la même réponse que pour la télévision : c'était inné, il n'avait jamais appris mais pouvait préparer un repas. Soochul, du moins, se contenterait de cette supposition.

« C'est super gentil, affirma-t-il donc, t'as préparé quoi ?

— T'avais pas mal de choses, alors j'ai fait du bœuf mariné avec du riz et des légumes sautés.

— Oh, ça doit être délicieux !

— Je l'espère, tu m'en diras des nouvelles !

— Dis, j'ai juste une question…

— Sur le bœuf ?

— Non, rien à voir, mais je me la posais depuis ce matin. Tu m'as appelé hyung, et… je me demandais quel âge t'avais – si on peut dire que t'as un âge.

— Oh, c'est vrai… Je crois que je suis supposé avoir vingt-quatre ans. Je sais pas vraiment si t'es plus vieux que moi, mais comme t'en as l'air, et qu'en plus t'es plus grand… j'ai pas réfléchi. Et toi, t'as quel âge ?

— Vingt-cinq.

— Alors je peux t'appeler hyung ?

Si tu veux.

— Merci ! J'ai préparé ton dîner, hyung, viens ! »

Et le soudain enthousiasme de Junghwan effaça tant les craintes que les questionnements de Soochul, qui avait réfléchi à cette situation toute la journée et ne se sentait même plus capable de s'étonner de quoi que ce soit. Demain, il reprendrait le cours de ses pensées. D'ici là, il ne comptait plus s'épuiser les méninges et, puisque Junghwan n'était ni agressif ni dangereux, il s'autorisait à apprécier sa présence.

4

Soochul écarquilla les yeux.

« Tu cuisines super bien, Junghwan ! C'est tellement bon !

— Merci beaucoup ! J'aime me montrer utile, alors je suis heureux que ça te plaise ! Je pourrai te préparer à manger demain aussi en attendant ton retour, si tu veux.

— Bah ouais, carrément, te fais pas prier ! »

Les prunelles illuminées de bonheur, Junghwan opina d'un geste vif en avalant son assiette, jetant par moment quelques œillades à son aîné qui se régalait de son repas. Touché de le voir aimer à ce point ce qu'il lui avait concocté des heures durant, le jeune homme se sentit rougir, et il se concentra de plus belle sur son plat. Leur dîner terminé, ils retournèrent à la chambre après s'être chargés de la vaisselle, et Junghwan s'assit sur le lit.

« Tu veux remettre la télé ? proposa Soochul.

— Comme tu veux. »

Il alluma l'écran, et l'émission que le cadet avait commencée une heure plus tôt reprit son cours. Il sourit.

« Ils chantent vraiment bien, commenta-t-il.

— Oui. J'aimais beaucoup les émissions de ce genre quand j'étais petit.

— Pourquoi plus maintenant ?

— Je ne regarde plus la télé : je regarde des vidéos sur internet, ou bien je lis.

— Et ça te dérange pas que moi je la regarde ?

— Non. Au contraire, j'ai envie de regarder avec toi, ça fait longtemps.

— Oh, cool ! »

Il se décala puis tapota la place à côté de lui sur le matelas. Soochul, attendri, s'exécuta. Les minutes s'écoulèrent, et les garçons observèrent les candidats s'entraîner en danse. Les yeux de Junghwan brillaient d'admiration et d'envie.

« J'adorerais danser, affirma-t-il d'un ton rêveur. Ça met leur corps en valeur, leurs mouvements sont sublimes…

— Je suis sûr que tu ferais un bon danseur.

— Mouais… »

La mine soudain renfrognée, Junghwan perdit l'éclat jovial qui animait ses prunelles. Soochul, à cette réponse froide de son cadet, se tourna vers lui.

« Pourquoi tu penses pas ? T'as déjà essayé ?

— Non, mais… je sais pas, j'ai pas le corps pour ça.

— Comment ça ?

— Ils sont minces et musclés à la fois, et leurs traits ont l'air d'avoir été coupés au couteau tellement ils ont le visage fin. Je ferais tache si j'étais parmi eux.

— Mais… Junghwan, t'es mince, je te signale, presque maigre, même, je dirais. »

Junghwan haussa les épaules, se réfugiant dans un mutisme qui surprit Soochul… qui se rappela alors ce que son invité avait mentionné le matin même.

« C'est à cause de ce que quelqu'un t'a dit ? Qui t'a fait croire que t'étais pas assez maigre ?

— Il avait raison. Ça se voit rien qu'à mon visage. J'ai des joues trop rondes.

— Elles sont très bien, tes joues, je vois pas le souci.

— Laisse, tu peux pas comprendre. »

La discussion s'acheva de cette manière, et Soochul fit la moue sans oser répliquer. Les complexes, il connaissait bien, sa sœur et lui-même en avaient fait les frais au cours de leur adolescence : pas assez ceci, trop cela, etc. La perfection n'existait pas, surtout pas ici, au pays du matin calme devenu pays de la chirurgie esthétique.

Soochul garda le silence et les yeux rivés sur l'écran. La soirée se passa de manière paisible : une fois le programme terminé, l'aîné décida de reprendre sa lecture pendant que son cadet trouvait une autre téléréalité à regarder avant de se coucher. Il tomba sur une émission avec des idols qui venaient participer à des jeux et sourire aux blagues acérées que leur infligeaient les présentateurs dans l'espoir de les embarrasser.

Il l'arrêta néanmoins peu après le début.

« Ça te plaisait pas ? s'étonna Soochul.

— Si, mais tu lis.

— Ça me dérange pas. Ma sœur regardait souvent la télé pendant que je lisais, je suis habitué.

— Tu lis quoi ?

— Du thriller, c'est un recueil de nouvelles.

— Il est bien ?

— Oui, j'aime beaucoup ! approuva-t-il, heureux que son ami s'intéresse à ses bouquins.

— Tu peux m'en lire une ? »

Cette fois, Soochul resta muet de surprise.

« Tu veux que je te lise une nouvelle ?

— Oui, tu veux pas ? demanda Junghwan.

— S-Si, bien sûr, ça me ferait même très plaisir, mais… t'es sûr ?

— Oui.

— T'aimes la littérature ?

— Pas spécialement, mais j'aime qu'on me lise des histoires. »

Ravi, Soochul sentit une émotion indescriptible s'épanouir en lui, un plaisir mêlé de reconnaissance, et l'envie brûlante de partager avec un autre ces histoires qu'il aimait tant. Les livres représentaient pour lui une passion dévorante qui l'avait capturé dans son enfance et refusait de le relâcher depuis. Véritable nourriture de l'âme, chaque livre lui remplissait le cœur de maints sentiments savoureux. Or, jamais quiconque autour de lui ne s'y était intéressé, au point qu'il avait fini par considérer ce loisir comme une activité qu'il était contraint de pratiquer seul.

« Dans ce cas, d'accord, acquiesça-t-il d'un geste vigoureux. Je vais te lire une histoire. »

Junghwan arbora tout à coup un sourire plus large que jamais, et d'un bond il se plaça tout contre Soochul pour caler la joue contre son épaule et observer son recueil. Son ami – il l'était, à présent – commença sa lecture. En dépit de sa position et de sa curiosité pour les lignes inscrites sous ses yeux, Junghwan ferma les paupières afin de se laisser bercer par la voix si apaisante grâce à laquelle naissaient mille images dans l'esprit du jeune homme. Soochul parlait d'un ton grave en accord avec ce qu'il narrait.

La nuit devenait inquiétante, le monde retenait son souffle, et la chute parut douloureuse à Junghwan qui se reconnecta à la réalité alors qu'un long silence planait. L'histoire venait de s'achever de façon magistrale. Le cadet déglutit sans prononcer le moindre mot. L'autre néanmoins l'y poussa.

« Alors, ça t'a plu ?

— J'ai l'impression que mon cœur va exploser. »

Comme celui du protagoniste qui avait vu sa fin arriver.

« T'en as pensé quoi ?

— J'aime vraiment qu'on me lise des histoires.

— Je t'en lirai d'autres.

— Merci, hyung. »

Soochul caressa sa tignasse et l'enjoignit à s'écarter de lui : il comptait se brosser les dents puis se mettre au lit. Or, un problème lui vint à l'esprit.

« Tu dors dans un lit ? demanda-t-il d'un ton soucieux.

— Oui, pas toi ? T'en as un pourtant.

— Oui, bien sûr que je dors dans un lit, râla Soochul. Je voulais juste dire que… justement, je n'ai qu'un lit pour nous deux…

— Tu veux que je dorme par terre ?

— Non, non, mais… ça m'ennuie, parce que j'ai même pas de matelas à te proposer. Ma mère a un yo[4] chez nous au cas où un invité resterait pour la nuit, mais… moi j'ai pas vraiment d'amis, alors ça a jamais été nécessaire, tu comprends ?

---

[4] *Matelas similaire au futon japonais.*

— Oh, oui, je vois… et on peut pas dormir dans le lit ensemble ?

— Ensemble ? s'étrangla presque l'aîné qui sentit sa gorge s'assécher.

— Oui, ensemble. À deux.

— Je sais ce que ça veut dire, juste… c'est bizarre, non ?

— Ah ? Pourquoi ? Je trouve le lit assez grand, moi.

— Oui, mais on est deux garçons.

— Ce serait moins bizarre si j'étais une fille ? »

Question très pertinente de Junghwan, en effet il lui semblerait bien plus dérangeant encore de dormir avec une fille, du moins un regard extérieur jugerait la situation plus dérangeante, car qui savait que Soochul préférait les hommes comprenait sa réticence à dormir avec ce beau garçon…

« Je sais pas, répliqua-t-il donc, mais ça rend pas ça moins bizarre. Je dors jamais avec qui que ce soit, tu comprends ?

— Non. »

Clair, net et précis.

« Bah comme je dors avec personne, j'ai pas l'habitude, alors même avec toi, ça me gêne.

— Donc je dois dormir par terre ?

— Non, c'est pas ce que je voulais dire, s'emmêla Soochul.

— Donc je peux dormir avec toi ?

— C'est embarrassant…

— Alors dis-moi où je dors, ça ira plus vite, » répliqua Junghwan dans un haussement d'épaules.

Soochul en resta coi, au pied du mur. Son cadet avait raison, il s'embourbait dans des explications bancales sans donner une réponse concrète à une question pourtant simple.

« Bon, dors avec moi, conclut-il dans un soupir.

— C'était pas compliqué, » se moqua Junghwan alors qu'une étincelle de malice illuminait ses jolies prunelles.

Et Soochul regretta aussitôt d'avoir cédé. Pourvu que Junghwan ne cherche pas à se serrer contre lui…

Afin de dormir de façon confortable, le plus jeune avait troqué ses vêtements contre un t-shirt et un jogging prêtés par son ami. Ce qui lui apparaissait au début comme une idée raisonnable se transforma néanmoins en idée catastrophique quand Junghwan quitta la salle de bains. Soochul dut se contrôler pour éviter que ses yeux sortent de ses orbites et que sa mâchoire tombe. Parce que Junghwan s'avérait plus petit et plus menu que lui qui passait des heures chaque semaine en salle de musculation, les habits étaient trop grands, et si le jogging ne posait pas de problèmes particuliers puisque son cordon permettait de le serrer à la taille, le haut en revanche… il offrait une vue délicieuse sur les clavicules blanches du bel éphèbe, qui avait même choisi de dénuder son épaule gauche. La manche tombait sur son biceps jusqu'à son avant-bras, et Soochul se délectait de cette vision affriolante.

Lui qui n'avait jamais goûté aux plaisirs de la chair, Junghwan l'avait mis en appétit avec cette tenue pourtant banale.

« C'est un peu grand, non ? remarqua Junghwan en faisant la moue.

— Euh… ouais, un peu.

— Ça me va quand même ?

— O-Oui, t'inquiète.

— C'est vrai ? »

L'espièglerie de son ton convainquit Soochul qu'il avait remarqué le regard gourmand qu'il posait sur lui. Honteux, l'aîné se détourna, mais son cadet lui sourit, ravi de son silence qui trahissait sa réponse.

« Merci beaucoup pour les habits, dans ce cas ! »

Une fois prêts à se coucher, les deux garçons restèrent immobiles devant le lit, perplexe pour l'un, impatient pour l'autre.

« Donc je peux dormir dans le lit ? demanda Junghwan pour s'assurer une bonne fois pour toutes de l'approbation de son aîné.

— Oui, oui, installe-toi. Je préfère que tu sois du côté du mur, moi je me lèverai sûrement tôt demain matin, je veux pas risquer de te déranger.

— D'accord. »

Junghwan se glissa sous les couvertures dans un mouvement qui dévoila à son ami la naissance de ses pectoraux. Soochul en sentit ses joues chauffer, envoûté par la délicatesse de ce corps aussi jeune que le sien, mais beaucoup plus frêle, comme fait de porcelaine.

Sans réussir à accepter qu'il se couchait aux côtés non d'un garçon mais d'une statuette de glaise qui avait pris vie, il éteignit la lumière puis alla s'allonger. Parce qu'il n'avait pas baissé son store, la faible clarté nocturne leur permettait encore de distinguer les silhouettes. Soochul se tourna dos à son adonis qui lui souhaita bonne nuit d'un murmure fatigué. Il le lui rendit et ferma les paupières… avant de les rouvrir quand il sentit une petite masse se lover contre lui.

« Junghwan, qu'est-ce que…

— S'il te plaît, hyung… »

Il ne trouva pas le courage de lui refuser ce qu'il désirait également. Il demeura silencieux et s'étonna de constater que le corps de Junghwan était aussi chaud que celui de n'importe quel être humain. Ses mains qui s'agrippaient à l'arrière de son t-shirt pour garder son aîné contre lui attendrirent ce dernier que le sommeil accompagna peu à peu jusqu'à un monde paisible.

Rarement si paisible, d'ailleurs, que cette nuit-là.

5

Soochul se réveilla du fait de la présence à ses côtés qui remuait, sans doute dans son sommeil. Il jeta un regard à l'heure ; son portable sonnerait d'ici quelques dizaines de minutes à peine. Préférant éviter ce bruit à Junghwan, il attrapa son smartphone, l'alluma, désactiva son alarme pour aujourd'hui et se perdit sur internet jusqu'à l'heure de se préparer. Il se leva en même temps que le jour, observa, affectueux, son cadet qui poussa un soupir inconscient sans ouvrir les paupières, et fila s'habiller.

Il trouvait Junghwan adorable, impossible de résister à son visage à la joue écrasée sur l'oreiller. Il dégageait plus de douceur et de sensualité que tous les plus beaux hommes de cette planète.

Enfin prêt à s'en aller, Soochul réfléchit un court instant et se planta devant son bureau. Il sortit d'un tiroir un smartphone qu'il essaya d'allumer et qu'il éteignit une fois convaincu qu'il fonctionnait encore. Il attrapa le chargeur qui lui correspondait et laissa un papier pour Junghwan sur lequel figurait le mot de passe pour déverrouiller l'appareil ainsi que son pseudo pour le contacter via une messagerie en ligne si un quelconque problème venait à se poser.

De cette manière, il reçut un message alors qu'il arrivait au travail, message provenant de son ancien compte qu'il avait renommé au nom de Junghwan.

Junghwan – Bonjour hyung, j'ai vu ton mot, merci beaucoup ! Je risque pas de m'ennuyer aujourd'hui avec tout ce que tu me laisses ! ^^

Soochul s'étonna de ne plus s'étonner : Junghwan savait bel et bien écrire, utiliser un portable, et il connaissait même les smileys. Impensable au premier abord, mais plus pour Soochul qui s'était vite accoutumé à ces particularités de sa statue de glaise. On s'habituait à tout.

Rassuré, il répondit à son cadet puis lui souhaita une bonne journée.

~~~

Le soleil retombait au ralenti à l'horizon quand Soochul quitta son espace de travail. Il avait entre temps reçu un message de Junghwan qui lui indiquait avec enthousiasme qu'il s'était créé un compte Instagram pour suivre les célébrités qu'il avait vues à la télévision, et notamment ce groupe de garçons qui lui avait fait une si forte impression. Amusé de cette joie candide dont débordait son SMS accompagné d'une capture d'écran de l'application récemment installée, Soochul lui avait répondu, et la conversation s'était arrêtée là.

Avant de rentrer chez lui, il décida de téléphoner à l'agence qui avait loué ses locaux à l'antiquaire. Il se stoppa au pied de son immeuble et contacta le numéro appelé la veille. La même femme décrocha, Soochul se présenta.

« Oh, je me souviens, oui ! approuva-t-elle. J'ai essayé de contacter le numéro qui nous avait été laissé, mais il n'est plus attribué. C'était sûrement un contact professionnel qu'il a laissé tomber quand il a fermé, ça arrive.

— Et vous lui avez écrit un mail ?

— Oui, mais je n'ai encore aucune réponse, monsieur.

— Je vois… j'imagine que c'est une adresse professionnelle et qu'il ne répondra pas non plus.

— Je pense. Je suis désolée. »

Soochul faillit lui demander si elle ne possédait pas une adresse physique, mais il s'en retint : l'employée refuserait de la lui transmettre, et elle refuserait également d'envoyer une lettre à l'homme pour le prévenir qu'un garçon le cherchait à propos d'une banale statuette de glaise.

« Je vois, je vous remercie pour votre aide, conclut-il. Passez une bonne journée.

— Merci beaucoup, et encore désolée. Bonne journée, au revoir. »

Il raccrocha et, soupirant de dépit, il composa son code pour entrer dans son bâtiment. Il rejoignit son appartement d'un pas morne, plus déboussolé que peiné. Junghwan ne lui posait pour l'instant aucun souci, à ça près qu'il vivait chez lui sans payer (mais peu importait, avec son salaire, Soochul n'avait rien à craindre côté financier), de fait il pouvait se permettre de l'héberger un certain temps. Or, ce qui le dérangeait, c'était à la fois la nature même de Junghwan qu'il ne comprenait pas – et comme ça le frustrait ! –, et le fait que le vieillard paraissait avoir disparu de la circulation. Pouf, envolé l'antiquaire, il n'en restait plus que des coordonnées obsolètes.

« Bonsoir, hyung, sourit Junghwan en le voyant rentrer. Ta journée s'est bien passée ?

— Très bien, et la tienne ?

— Ça a été, j'ai passé mon temps à regarder la télévision en me promenant sur Insta.

— T'aimes les réseaux sociaux ?

— Ça me fait passer le temps, je sais pas si j'aime ou non, mais au moins ça m'occupe.

— T'aurais pas voulu lire ? »

Junghwan haussa les épaules, et Soochul fronça les sourcils.

« T'as une petite mine, t'es sûr que ça va ?

— Oui, pourquoi ?

— Je sais pas, t'as l'air… fatigué.

— Hum, si tu le dis.

— Tu viens, on va dîner ? »

Junghwan hocha la tête, souriant mais distrait, et ils décidèrent de dîner. Junghwan, comme la veille, avait pris le temps de cuisiner un petit plat pour son ami et lui. À peine installé à table, le cadet tira de la poche de son jogging – il ne s'était pas changé de la journée, puisqu'il n'était pas sorti – le portable prêté. Sans un mot, il se plongea dans son monde, et Soochul se sentit peiné de voir ce joli regard ne briller qu'à cause du reflet de la luminosité de l'écran sur ses prunelles.

Junghwan avait perdu ce quelque chose qui le rendait si doux. Il paraissait plus grave, et…

« Bon, dis-moi ce qui se passe, soupira Soochul qui avait à peine avalé une bouchée quand il remarqua l'assiette presque vide de Junghwan à laquelle ce dernier n'avait pourtant toujours pas touché. T'as l'air éteint, t'as pas d'appétit… sois honnête, qu'est-ce qui t'arrive ?

— Hyung… je peux te poser une question à laquelle tu répondras de façon honnête ? souffla son cadet si bas qu'il l'entendit à peine.

— Bien sûr, qu'est-ce que tu veux ?

— Est-ce que… j'ai les joues rondes ?

— Hein ? »

Stupéfait par la stupidité de la question posée, Soochul ne parvint pas à répondre autre chose que cette interjection tout aussi stupide. Junghwan alors leva les yeux de son smartphone, et Soochul y lut l'étendue de sa détresse. Ils brillaient des larmes qu'il retenait tant bien que mal. Comment Junghwan, qu'il avait confondu avec un prince imaginaire tant sa beauté lui semblait irréelle, pouvait-il s'inquiéter de son physique ?

« Je sais qu'elles sont grosses, reconnut Junghwan devant l'absence de réaction de son ami, te fatigue pas à mentir. On me le dit tout le temps.

— Qui ? réagit aussitôt Soochul.

— Les autres…

— Quels autres ? Junghwan, qui t'a dit ces horreurs ?

— Ceux à qui l'antiquaire m'a cédé avant…

— Il t'avait déjà donné ?

— Je… il voulait juste trouver quelqu'un qui me traiterait bien… »

Sur ces mots, les larmes contenues toute la journée lui échappèrent, et ses mots se perdirent dans de bruyants sanglots qui ébranlèrent le cœur de Soochul.

« J-Je sais que… que tu dois trouver ç-ça idiot, mais… j-je les déteste, je supporte pas de les v-voir dans un miroir ! Hyung, j-j'ai tellement honte d-d'être aussi laid ! »

Soochul, sur le point de bondir de sa chaise pour le consoler, y resta tout à coup cloué par la stupeur. Ses yeux s'écarquillèrent, et il bégaya des sons sans signification. Junghwan continuait de pleurer, mais ses larmes, plutôt que de creuser un sillon droit sur ses pommettes, suivaient les lacérations qui y naissaient et s'y étendaient peu à peu.

« J-Junghwan, tu… tes joues…

— Je sais, elles sont grosses !

— Non, elles… e-elles se fissurent. »

Junghwan, en dépit de ses larmes, planta un regard surpris dans celui, défait, de Soochul qui avait pâli à cette constatation. Le cadet posa les mains sur ses joues mouillées et, l'air terrifié, il secoua la tête de gauche à droite.

« C'est pas moi, hyung, je te jure ! J-Je voulais pas, je… q-qu'est-ce qui m'arrive ?

— T'en as aucune idée ? paniqua Soochul à son tour.

— Non ! Je… hyung, qu'est-ce qui se passe ? » craqua le pauvre garçon en plongeant le visage entre ses mains.

Tétanisé, Soochul revoyait dans son esprit ces fêlures s'étendre sur les pommettes de Junghwan. Un sursaut le poussa à quitter sa chaise, et il se planta devant Junghwan sur les épaules de qui il posa les mains.

« Eh, calme-toi s'il te plaît, sinon on va pas s'en sortir, d'accord ?

— J-Je suis désolé.

— Arrête de t'excuser, regarde-moi, s'il te plaît. »

Junghwan relâcha son visage pour lever ses prunelles tempétueuses dans celles de son ami qui tenta de le consoler d'un piètre sourire.

« On va trouver une solution, je te jure, affirma Soochul qui s'inquiétait pourtant de constater que les écorchures s'étendaient sur les joues de son cadet – et elles révélaient non de la chair et du sang… mais de la terre, de la glaise ! Déjà, arrête d'insulter tes pauvres joues, elles sont rondes, oui, mais elles sont pas laides, au contraire elles te rendent adorable, ma mère appelait ça des joues à bisous, parce qu'on a toujours envie d'embrasser des jolies joues toutes rondes. T'es encore jeune, c'est normal que ça se lise sur ton visage, mais ça te rend juste putain de mignon, je te jure, je mentirais pas, tu peux me faire confiance.

— C'est vrai ? »

Sa petite voix triste attendrit Soochul qui prit son visage en coupe, les paumes sur ses joues, et laissa courir ses pouces sous ses yeux pour en recueillir les larmes.

« Vrai de vrai, Junghwanie, si je t'ai confondu avec un prince de conte de fées, c'est pas pour rien. T'as un visage à se damner, crois-moi. »

Les prunelles brillantes, Junghwan demeura muet, et les deux amis échangèrent un interminable regard.

« Merci, hyung...

— Tu te sens mieux ?

— Oui.

— Maintenant, faut qu'on répare ces jolies joues, d'accord ?

— Oui. »

Il relâcha son cadet pour examiner son visage, et les mots lui manquèrent quand l'évidence lui sauta aux yeux. Junghwan fronça les sourcils devant son air ébahi, et il appuya d'un geste craintif les mains sur les fêlures.

« Hyung, je...

— Les cache surtout pas, Junghwan, le coupa-t-il en lui attrapant les poignets pour l'empêcher de se dissimuler, ne te cache jamais. C'est juste que... tes blessures, elles... elles sont moins marquées... comme si elles se refermaient...

— Ah ?

— Laisse-moi voir, s'il te plaît. »

Junghwan écarta les mains pour reposer les bras le long de son corps, et Soochul passa un pouce affectueux sur sa pommette.

« Oui, constata-t-il, les fissures se referment. T'es en train de guérir.

— C'est vrai ?

— Oui… Putain tu m'as fait peur, Junghwan, tu sais vraiment pas ce qui t'est arrivé ?

— Je sais pas… mais ça faisait pas mal.

— C'est l'essentiel, j'imagine. Mais… sous ta peau, c'est… de la glaise ?

— C'est ce que je suis, non ?

— J'imagine… »

Incapable de comprendre ce qui venait de se produire, Soochul garda le silence, perplexe, et Junghwan se leva pour enrouler les bras autour de lui. Son aîné lui rendit son accolade par réflexe, et dès lors il ne parvint plus à croire ce qu'il avait pourtant vu une minute plus tôt : la chaleur que Junghwan dégageait, la douceur de sa peau, la très légère odeur qui s'échappait de lui… il était humain, forcément humain.

« Merci, hyung…

— Fais attention à toi, Junghwanie. »

Un frisson parcourut le corps de Junghwan à ce surnom, et il frémit contre Soochul qui resserra son étreinte pour lui prouver son affection. Son cadet posa le front dans le creux de son cou, et l'autre y sentit couler ses dernières larmes. Au terme de quelques interminables secondes, ils s'écartèrent.

« Tes blessures ont disparu, remarqua Soochul avec un regard bienveillant. Tes joues sont de nouveau magnifiques. »

Ces joues que le jeune homme aimait tant s'empourprèrent sous le compliment… et un souvenir s'immisça tout à coup dans l'esprit de Soochul.

« Cet objet est unique, et les objets les plus rares sont les plus fragiles. Il faut en prendre soin : s'ils se fissurent, ils auront besoin d'attention pour que les fêlures se referment puis s'effacent… et s'ils n'en reçoivent pas, ils risquent de se briser. Alors, il ne sera plus possible de les réparer, et ils perdront ce qui les rendait si exceptionnels. »

6

Soochul resta silencieux, heurté par ces propos qui lui revenaient tout à coup. Cet avertissement de l'antiquaire l'avait marqué par son aspect abscons. Or… maintenant que les fissures qui avaient strié les joues de Junghwan s'étaient effacées, il commençait à se poser des questions.

Prendre soin de Junghwan ? Mais comment ? Le vieil homme savait-il ce qu'il adviendrait de sa statuette de glaise ? Toute cette histoire avait-elle été calculée ? Était-ce pour cette raison qu'il avait disparu ? Soochul éprouvait la sensation d'avoir été piégé. Qu'allait-il se passer à présent ? Que risquait Junghwan si ces fissures s'aggravaient ? Pouvait-il se briser, pareil à une figurine de terre cuite ?

« On devrait dîner, affirma-t-il. Junghwan, partageons le repas en deux, tu dois manger plus que les trois pauvres morceaux de légumes qui errent dans ton bol.

— Hyung…

— Rappelle-toi ce que je t'ai dit : t'es super beau comme t'es. Alors mange. »

Le regard de Junghwan parlait pour lui, et Soochul vida une partie de son bol dans celui du garçon qui le remercia d'un souffle. Ils dînèrent dans un silence paisible, et Soochul se sentit rassuré que Junghwan ne replonge pas le nez dans son smartphone. Il n'aimait pas le savoir passer ses journées sur les réseaux sociaux : une petite voix lui murmurait qu'Instagram n'était pas étranger à sa crise de larmes et ses complexes.

Ils terminèrent de manger, s'acquittèrent ensemble de la vaisselle, puis, alors que Junghwan entamait son mouvement pour sortir son téléphone de sa poche, Soochul le coupa dans son élan :

« Dis, ça te plairait qu'on aille se poser sur le lit et que je te lise une nouvelle histoire ? proposa-t-il.

— Oh, c'est vrai ? On pourra lire une histoire heureuse ?

— Hum… j'ai des bouquins de contes, si tu veux.

— Des contes ? Comme pour les enfants ?

— Oui, mais là c'est les versions originales. Je suis sûr que ça te plaira.

— Oh, je veux bien ! »

Ravi, Junghwan fila à la chambre. Il se jeta presque sur le lit de son aîné qui, amusé de son enthousiasme, le rejoignit d'un pas plus tranquille, un sourire flottant sur le visage. Il se dirigea vers sa bibliothèque pendant que Junghwan, assis en tailleur, trépignait d'impatience, et il tira de ses étagères un livre de poche, sobre, qui aurait pu passer inaperçu parmi la multitude d'autres – bien loin, donc, de l'album pour enfants que s'était représenté son cadet.

Soochul s'installa et Junghwan bondit à ses côtés, reposant la tête contre son épaule.

L'univers s'effaça de plus belle tandis que, paupières closes, Junghwan profitait de l'histoire que son ami lui raconta. Sa prononciation parfaite et l'absence d'hésitations donnaient la sensation qu'il connaissait le texte par cœur. Junghwan se perdait dans la singularité des personnages, dans l'extravagance de leur situation, dans la beauté de leur dénouement heureux.

Contre Soochul, il garda les yeux fermés une fois le conte achevé. Les rouvrir reviendrait à rejoindre le monde réel, et il ne s'y sentait pas prêt. Il souhaitait rêver encore, juste un peu plus longtemps… Comme il aimait les livres qui se finissaient bien, mais comme il regrettait qu'ils finissent !

Soochul, son bouquin fermé, resta silencieux, un rictus aux lèvres du fait de son cadet affalé contre lui. Il paraissait dormir. Désireux de profiter de ce moment paisible, le jeune homme reprit son recueil de contes et poursuivit sa lecture pour lui-même. L'unique bruit des pages qui se caressaient quand il les tournait suspendait la parfaite quiétude de la pièce, et… Soochul perçut que quelque chose naissait dans cette tranquillité merveilleuse, quelque chose qui ne requérait ni mots ni regards pour croître. Un battement de cœur et tout était dit.

Soochul aimait les hommes, et Junghwan était le plus beau qu'il ait jamais rencontré, de même que l'un des plus conciliants. Rien ne pouvait lui être reproché, si ce n'était sa perfection que beaucoup jalouseraient si elle leur était mise sous le nez. Ainsi, dans cette chambre, apaisé par l'atmosphère relaxante qui planait, Soochul entendit son âme lui susurrer que Junghwan lui plaisait, et que la situation, bien que rocambolesque et incompréhensible, ne l'incommodait pas autant qu'elle aurait dû.

Après de longues minutes passées à feuilleter seul son bouquin, Soochul le rangea, et il posa la main avec délicatesse sur la cuisse de son ami.

« Junghwanie, on devrait se coucher, je me réveille tôt, demain.

— Je suis tellement bien contre toi… J'ai pas envie de bouger.

— T'es vraiment tactile, hein… ?

— Comment t'as deviné ? ricana Junghwan.

— Je dois avoir un don. Allez, bouge. Je commence à avoir sommeil.

— Je pourrai dormir contre toi ? Je te gênerai pas, promis.

— J'ai pas l'habitude de dormir avec quelqu'un, j'ai pas trop envie qu'on dorme si près.

— Hyung…

— Désolé, Junghwan, je préfère pas.

— D'accord… mais tu peux continuer de m'appeler Junghwanie, tu sais… moi j'aime bien, c'est mignon.

— A-Ah bon ?

— Oui. Ça me plaît. »

Sa jolie statue s'écarta de lui, lui adressa un sourire enchanteur et enchanté, puis quitta le lit pour se brosser les dents dans la pièce voisine. Soochul l'imita une fois qu'il fut revenu, et il le découvrit déjà allongé sous la couette qu'il avait rabattue jusque sur son nez. L'aîné ne distinguait plus que ses yeux en amande qui se plissèrent d'amusement quand ils croisèrent les siens.

« C'est vraiment trop confortable, les lits ! se réjouit Junghwan. Ta couette est tellement chaude ! Je ne veux plus jamais dormir ailleurs ! »

Sans répondre, Soochul le rejoignit après avoir éteint la lumière, et les deux amis se retrouvèrent dans le lit étroit, l'un trop près de l'autre pour ignorer sa présence. Ils se tenaient pourtant chacun à une extrémité du matelas, qui s'avérait simplement bien trop petit pour deux garçons – d'autant plus que si Junghwan était maigre, Soochul quant à lui pouvait se vanter d'une carrure assez massive qui, malheureusement pour ses hormones, l'amenait à sentir de manière un peu trop prononcée la personne à ses côtés.

Il ferma les yeux, tentant de se concentrer sur ses recherches à propos de l'antiquaire plutôt que sur celui qui remuait parfois derrière lui.

Junghwan avait raison, la couette était chaude…

Soochul, une fois ses pensées remises en place, essaya de s'endormir comme la veille, mais après une heure, il lui sembla que le marchand de sable l'avait oublié. Lui qui s'assoupissait d'habitude en un rien de temps, le voilà qui luttait pour trouver le sommeil…

Se maudissant de se laisser à ce point distraire par ce qui aurait dû rester une statuette de glaise, il se leva et, à pas de loup, gagna la cuisine. Il ferma la porte, alluma, et poussa un soupir. Il se sentait alangui, alors pourquoi s'allongeait-il sans résultat ?

Le frottement de chaussettes sur le faux parquet de Soochul s'éleva, discret mais assez sonore pour lui indiquer que Junghwan ne dormait plus. Quelques secondes, et il ouvrit la porte de la cuisine avant de se cacher les yeux de ses mains, ébloui.

« Hyung… il fait encore nuit… Tu te réveilles vraiment à cette heure-là ?

— Sois pas ridicule, Junghwanie, j'arrivais juste pas à dormir.

— Oh, moi j'ai un bon moyen pour dormir !

— Ah ? »

Soochul, devant la petite mine de son cadet, chassa des idées mal venues.

« Tu comptes le plus loin possible.

— Ça a tendance à me réveiller, au contraire, répliqua Soochul qui s'amusa de cette méthode presque enfantine.

— Ah mince. Moi aussi, quand je suis trop bien lancé et que je suis sur le point de m'endormir, ça arrive que je me réveille en me disant que je dois continuer. C'est pas l'effet recherché.

— Ouais…

— Pourquoi t'arrives pas à dormir, c'est à cause de moi ? »

Le ton de Junghwan, neutre, laissait comprendre qu'il se posait bel et bien la question. Il réussit à ouvrir les yeux, se frotta quand même les paupières, et croisa enfin le regard de son aîné.

« Je te l'ai dit, j'ai l'habitude de dormir seul. C'est pas ta faute, affirma Soochul.

— Bah du coup, un peu quand même. C'est pas ma faute en particulier, mais une présence dans ton lit, ça te dérange.

— On va dire ça.

— Pourquoi pas la nuit dernière ?

— Je sais pas. »

Aujourd'hui, Soochul l'avait consolé, étreint, et ils avaient partagé ce moment si spécial après leur lecture. Il s'était attaché à lui. Tout, dès lors, était devenu plus compliqué.

« Et toi, pourquoi tu t'es réveillé ?

— Je t'ai senti bouger, et comme j'étais pas encore dans un sommeil profond, ça m'a réveillé.

— Désolé.

— T'excuse pas, t'es chez toi, je te rappelle.

— Ça n'empêche pas. Va te recoucher, moi je vais sûrement lire un peu et revenir plus tard.

— On pourrait pas se reposer ensemble ? Je voudrais m'allonger contre toi.

— Je t'ai dit que ça me plaisait pas beaucoup.

— T'as dit que tu voulais pas qu'on dorme ensemble, mais t'as pas dit que tu voulais pas qu'on profite juste de la présence de l'autre.

— Tu lâches pas l'affaire, toi, hein ?

— Nope. Alors ?

— Hum… si tu veux, mais tu t'endors pas.

Promis ! »

Le visage illuminé de bonheur, Junghwan retourna au lit à la vitesse d'une balle, et Soochul le suivit, songeant que pour une statuette de glaise, il débordait un peu trop de vie. Le cadet, allongé tout contre le mur, surveilla son aîné dont la silhouette désormais sombre le rejoignit. À peine Soochul fut-il étendu sur le dos que l'autre en profita. Il se blottit contre lui, un bras autour de sa taille et une jambe entre les siennes.

Soochul avait trouvé plus chaud que sa couette.

Son petit protégé appuya enfin la joue sur le bras que Soochul avait enroulé autour de ses épaules et s'en servit comme oreiller. Quelle joie ! Comblé par leur position, Junghwan le remercia d'un murmure et ferma les paupières. Il se sentait ici au paradis, se complaisant contre le corps puissant de ce garçon qui l'hébergeait et le traitait toujours avec un respect mêlé d'affection. Bien que sur la retenue, Soochul n'hésitait jamais longtemps avant d'accepter de se montrer plus doux avec lui.

Le cœur empli d'allégresse, il laissa son esprit divaguer, tout comme Soochul qui s'autorisa à songer à leur cohabitation, et plus encore à leur relation. Une amitié à laquelle il tenait déjà, une amitié aux airs de conte contemporain, avec un beau prince en détresse qu'un autre tentait de sauver et de raccompagner à son royaume.

Et Soochul déglutit à l'idée qu'il percevait Junghwan comme un humain à part entière, un humain avec un cœur et des émotions. Bien sûr qu'il semblait l'être, mais… c'était impossible ! Il l'avait bien vu se fissurer quelques heures plus tôt ! Il ne pouvait pas s'attacher à lui !

Soochul rouvrit les yeux quand son cadet s'écarta de lui sans un mot et se pelotonna contre le mur. Sans doute sur le point de s'assoupir, il avait préféré s'éloigner. Un sourire attendri aux lèvres, l'aîné se positionna pour sa part sur le flanc, dos à son ami qui respirait d'emblée de manière plus profonde, preuve de sa torpeur.

À quelques minutes près, Soochul le suivit, trouvant enfin le sommeil tandis que ses pensées s'emmêlaient en un véritable labyrinthe d'émotions.

7

Ce matin encore, ce ne fut pas son réveil qui coupa court au sommeil de Soochul. En vérité, il avait senti du mouvement à ses côtés, et parce que l'heure approchait pour lui de se lever, la petite bulle que formait son rêve autour de lui avait éclaté. Le voilà revenu à la réalité – une réalité qui, d'ailleurs, faillit lui provoquer un infarctus quand il aperçut une silhouette au-dessus de lui. Son souffle qui se coupa poussa Junghwan à s'immobiliser.

« Merde, murmura-t-il, désolé, je voulais pas te réveiller.

— Tu fous quoi, réveillé à cette heure ? râla Soochul alors qu'il s'écartait.

— Faut que j'aille aux toilettes, pardon.

— T'inquiète, de toute façon le réveil va bientôt sonner. »

Junghwan fila et revint peu après. Soochul avait allumé et dehors, le soleil ne tarderait plus à se lever. Les deux garçons mangèrent ensemble puis vaquèrent à leurs occupations : Soochul lisait et Junghwan, fidèle à lui-même, passait son temps sur son smartphone offert la veille. Or, quand vint pour l'aîné l'heure de partir au travail, il fit la moue en découvrant le visage fermé de son ami qui, concentré sur son activité, ne ressemblait plus au Junghwan heureux et apaisé qu'il appréciait. Ainsi, alors qu'il enfilait ses chaussures, il appela son cadet qui leva les yeux de son écran.

« Oui ?

— Tu comptes passer ta journée sur ton portable ?

— Je sais pas. Je pourrais faire quoi d'autre ?

— Tu devrais lire, ça te plairait et ce serait un peu plus intéressant que des vidéos.

— Hum, mouais, acquiesça-t-il peu convaincu.

— J'ai un livre qui pourrait te plaire et qui t'occuperait quelques heures, si tu lis pas trop vite. Ça s'appelle *L'alchimiste*, ça a été écrit par Paulo Coelho.

— Ah ? C'est quoi ?

— Un conte.

— Ah ?

— Un conte philosophique, précisa Soochul. C'est vraiment sympa, et… dépaysant.

— Vraiment ?

— Je te laisse en juger, quand je rentrerai tu me diras ce que t'en as pensé, ça marche ?

— D'accord, je le lirai !

— Passe une bonne journée, Junghwanie, à ce soir.

— Merci, à toi aussi, hyung ! »

Ils se séparèrent.

D'abord soucieux, Soochul finit par se raisonner : tout se passerait bien, inutile de s'inquiéter. Junghwan n'allait pas s'effriter tout à coup... n'est-ce pas ?

Sur son vélo, le jeune homme secoua la tête pour en sortir ses idées les plus noires. Il rejoignit son entreprise et tenta de se représenter plutôt le joli sourire et l'agréable présence de son ami. Si quoi que ce soit advenait, Junghwan demeurait en mesure de le prévenir, il suffirait d'un message et Soochul volerait à son secours – du moins, il roulerait aussi vite que possible.

Le travail ne parvint pas à dissiper les scénarios qui se multipliaient dans son esprit. Ainsi, une fois l'heure venue de rentrer, il se hâta sans même se soucier de sa séance à la salle de sport, ni du fait qu'il désirait rencontrer le voisinage de la boutique de l'antiquaire pour obtenir quelques renseignements à son sujet. Il peinait encore à croire ce qu'il avait vu la veille, mais il en était convaincu : son prince s'était fissuré, et la peau avait laissé place à de la terre.

Son cœur palpita quand il poussa la porte de son appartement, et...

« Bonsoir, hyung, comment tu vas ? »

Quelle odeur délicieuse ! Toute la tension accumulée au fil de la journée s'écrasa aussitôt qu'il vit son cadet sortir de la cuisine pour le saluer, l'air réjoui et accompagné par le fumet de ce qu'il terminait de préparer pour le dîner.

« Très bien, et toi ? Ta journée s'est bien passée ?

— Oui, très bien. J'ai lu le livre de Coelho, et t'avais raison, il est extraordinaire !

— Oh, c'est vrai ? T'as aimé ?

— Oui ! Au début, je comprenais pas trop en quoi c'était un conte. Juste l'absence des noms le rappelait vaguement. Moi je voulais du merveilleux, tu comprends ! Mais… ensuite, y a eu le désert, le soleil, le monde… et puis le vent !

— J'étais sûr que ce passage te plairait, affirma Soochul.

— Je suis pas un grand fan de trucs philosophiques, opina Junghwan, alors je t'avoue que cet aspect-là, je l'ai bien vu, c'était intéressant, mais ça m'a laissé assez perplexe, j'ai pas tout compris. Mais je pense que c'était pas nécessaire non plus pour apprécier l'ouvrage. Moi en tout cas, j'ai adoré quand même ! Et la fin était super cool ! »

Soochul laissa échapper un rire à l'enthousiasme que déversait Junghwan sur lui, et il ne s'aperçut qu'alors que sa présence lui apportait une chaleur qu'il n'avait jamais connue jusque-là. Il s'était habitué à la solitude, ça lui plaisait, même. De cette manière, il pouvait vivre sa passion dans son coin. Aujourd'hui, il découvrait que ce qui lui plaisait plus encore, c'était de partager cette passion avec quelqu'un qui, s'il ne la comprenait pas tout à fait, du moins savait en apprécier la valeur et la regardait lui aussi comme quelque chose de précieux.

Ils discutèrent du récit en terminant de préparer le repas ensemble, et une fois à table, Soochul expliqua les raisons de son affection pour ce roman, et ce qu'il aimait dans son aspect philosophique, dans les messages qu'il en tirait et dont il s'abreuvait à chaque lecture.

« T'es vraiment quelqu'un de brillant, songea Junghwan, moi je réussirais pas à voir tout ça.

— C'est pas être brillant, c'est juste être passionné. Quand t'es passionné, tu creuses les choses. N'importe qui aimant ce genre de lecture finira par trouver des messages plus profonds à ce qui apparaît comme un simple enchaînement d'actions.

— Je trouve ça vraiment cool !

— Et sinon, t'as fait quoi, du coup, de ta journée ? s'enquit Soochul pour échapper à son embarras et ne pas prendre le risque de s'empourprer.

— Le matin, après ton départ, j'ai dormi un peu et j'ai regardé sur YouTube quelques MV des groupes que j'aime bien. Ensuite, j'ai commencé *L'Alchimiste*. J'ai déjeuné, en milieu d'après-midi j'ai fini le livre, alors je me suis mis au dîner un peu tard. Je suis un lecteur lent.

— T'as quand même réussi à le lire en entier en l'espace d'une journée, c'est bien. Y a des gens qui décrocheraient beaucoup plus vite.

— C'était trop passionnant pour décrocher ! »

Ravi de cette remarque, Soochul approuva d'un acquiescement complice.

« Dis, comme j'ai beaucoup lu aujourd'hui, j'ai les yeux fatigués. Ce soir, tu pourrais me lire un conte ?

— Avec plaisir, Junghwanie.

— Tu peux même le lire maintenant, plutôt ? Dès qu'on aura fini de manger et de faire la vaisselle ?

— Oui, bien sûr. »

Les joues de Junghwan ne prenaient une forme arrondie que quand il souriait de façon marquée, et ses pommettes remontaient au point que ses yeux disparaissaient presque derrière son sourire. Ça expliquait aussi pourquoi Soochul aimait tant ses joues que lui haïssait : leur rondeur ne lui plaisait peut-être pas, mais elles témoignaient de son bonheur, et l'aîné adorait le savoir heureux, déjà attaché à ce garçon rencontré trois jours plus tôt.

Soochul tint parole : dîner, vaisselle, puis lecture. Junghwan néanmoins s'était cette fois glissé sous la couette dont il recouvrit ses jambes jusqu'à ses hanches, et après une hésitation qui ne dura pas, son ami s'installa auprès de lui, conscient de ce qui allait se produire. Il ne s'y trompa pas : Junghwan posa la tête contre son épaule et ferma les paupières, prêt à se laisser bercer par le velours de sa voix et la magie de son histoire.

Il était une fois, et il ne fut rien d'autre pendant les minutes qui suivirent. Junghwan se délectait de ce vocabulaire qu'il n'utilisait pas mais comprenait, il savourait cette langue délicate qui, prononcée par Soochul, retrouvait ses lettres de noblesse, pareille à un roi que l'on parait de ses plus riches étoffes.

Après les derniers mots, Soochul poussa un soupir et Junghwan étira un sourire. Ils demeurèrent silencieux, ils appréciaient laisser ces ultimes images de bonheur flotter autour d'eux, les envelopper. Le cadet rouvrit les paupières au terme de quelques agréables instants, et il prit une inspiration qui le régala de l'odeur de son aîné, qui quoique légère, le réconfortait.

« J'aime vraiment beaucoup quand tu lis, affirma-t-il à voix basse. Merci beaucoup, hyung, c'était génial.

— C'était juste un conte.

— Le conte était bien, mais que tu me le lises, c'était encore mieux. Merci de me lire des histoires. J'adore ça.

— Je suis heureux que ça te plaise, c'est l'essentiel. »

Sans réussir à s'en empêcher, Soochul appuya un baiser sur le front de son cadet qui en rougit de plaisir, et tous deux se levèrent pour se brosser les dents, boire un dernier verre d'eau, puis retourner se coucher. Junghwan cette fois ne demanda pas la permission : il se blottit contre Soochul, un bras sur sa taille, l'oreille contre sa cage thoracique pour écouter son cœur. L'aîné, d'abord embarrassé, se détendit jusqu'à enrouler à son tour un bras autour de son ami.

Soochul s'endormit, si bien que Junghwan, qui avait entendu ses battements ralentir et sa respiration se calmer, ne bougea pas. Il s'assoupit dans son étreinte.

Au matin du lendemain, donc, Soochul ne s'étonna pas d'ouvrir les yeux sous le corps frêle de Junghwan. Le jeune homme avait profité de la nuit de manière inconsciente, se plaçant peu à peu sur lui qu'il écrasait désormais de tout son poids, le visage dans son cou, les jambes écartées et les mains sur ses pectoraux.

Soochul décala Junghwan avec le plus de douceur possible. Bien que le garçon fût réveillé, il ne broncha pas et se positionna contre le mur, recroquevillé. Soochul tourna un regard affectueux sur lui, puis comme chaque matin, il se prépara pour partir. En avance, il passa un moment sur son smartphone et sourit en entendant les pas tranquilles qui le rejoignaient à la cuisine.

« Bonjour, hyung, marmonna Junghwan.

— Bonjour, comment tu vas ?

— Bien et toi ?

— Très bien. Désolé de m'être endormi hier… et de t'avoir réveillé ce matin.

— C'est rien. Je sais que tu travailles.

— Dis, y a une question qui me taraude…

— Oui, laquelle ?

— Tu te rappelles les personnes à qui la statuette a déjà été confiée ?

— Très vaguement, pourquoi ?

— Je me posais juste la question. T'as déjà parlé d'eux, alors j'étais inquiet de ce qu'ils avaient pu te faire ou te dire.

— Ils n'avaient jamais le temps de me faire beaucoup de mal.

— Comment ça ?

— Je retournais chez l'antiquaire.

— Tu savais retrouver ton chemin ?

— Moi non. Lui en revanche savait me retrouver.

— Donc il pourrait venir te chercher ! comprit Soochul avec dans le regard une étincelle d'espoir.

— Il ne vient que si j'en ai besoin. »

La lueur blessée dans ses prunelles n'échappa pas à Soochul qui s'en voulut bientôt pour ses mots maladroits. Bien sûr que son enthousiasme vexerait Junghwan, quel idiot !

« Pardonne-moi, je voulais pas te blesser. Je cherche pas à me débarrasser de toi, je t'assure que c'est pas ça, expliqua l'aîné. J'ai juste peur de pas savoir m'occuper de toi comme il faut, tu peux pas rester avec moi.

— Je comprends. Je sais. Les autres aussi disaient ça. Je me souviens. Ensuite, ils me faisaient du mal pour que je m'en aille, parce qu'ils ne me supportaient plus.

— Non, non, Junghwan, je te promets que je te ferai pas le moindre mal, que ce soit psychologique ou physique. Je tiens à toi, je compte pas te blesser.

— Tu promets ?

— Tu peux compter sur moi. »

Son regard parlait pour lui : Soochul était sincère. Il ne le blesserait pas.

~~~

L'esprit plus tranquille puisque tout s'était bien passé ces derniers temps, Soochul était occupé à son bureau quand son portable vibra contre sa cuisse. S'attendant à un message professionnel, il consulta son smartphone… et bondit aussitôt de sa chaise.

Junghwan – Hyung, rentre vite, s'il te plaît.

8

L'horloge de la pièce affichait à peine seize heures, mais Junghwan était la priorité de Soochul, qui prévint son supérieur qu'une urgence l'obligeait à partir tout de suite. Ce dernier, parce que l'employé s'était toujours montré professionnel, comprit qu'il ne mentait pas et lui offrit de récupérer plus tard les heures qu'il n'effectuerait pas ce jour-là.

Sur son vélo, Soochul rentra plus vite que jamais chez lui. Le souffle lui manquait, par chance sa condition de sportif accompli lui permit de rejoindre sans attendre son domicile. Il grimpa les marches quatre à quatre, poussé par son anxiété qui déversait en lui un flot d'adrénaline. Il tapa son code dans la précipitation et d'une main tremblante, et enfin la porte fut déverrouillée.

Il découvrit avec horreur, à deux mètres de lui dans la salle de bains ouverte, Junghwan torse nu, devant le miroir du lavabo. Sa peau de nacre, magnifique et blanche, aurait pu attirer un regard lubrique… si son abdomen et ses hanches n'étaient pas parsemés de fissures qui laissaient transparaître la glaise que son épiderme recouvrait.

Junghwan leva des yeux larmoyants vers son aîné.

« Hyung, je t'en supplie…

— Mon dieu, Junghwan, qu'est-ce qui s'est passé !

— J'y peux rien, je suis désolé, pleura le cadet. Elles descendent jusqu'à mi-cuisse, cette fois !

— Merde, je… qu'est-ce qu'on peut faire ? Comment tu les avais fait disparaître, la dernière fois ?

— J'en sais rien, j'avais rien fait !

— Tout va bien se passer, Junghwanie, on va trouver. Déjà, depuis combien de temps elles sont apparues ?

— Ça va bientôt faire trente minutes.

— Et ça te fait pas mal, hein ?

— Non, mais j'ai peur… Hyung, aide-moi !

— Et comment ? Comment c'est arrivé ces blessures ?

— Je sais pas, comme l'autre fois, c'est arrivé d'un coup !

— Tu faisais quoi ? Aujourd'hui t'as fait quoi ?

— J'étais sur Instagram et TikTok. »

Le visage de Soochul prit un pli peiné.

« Junghwan, est-ce que tu te trouves gros ? »

Le garçon baissa les yeux sans répondre, mais son silence parlait pour lui, hurlait sa détresse.

« Faut que t'arrêtes de croire ça, enfin, t'es déjà bien assez maigre comme ça. Je vois tes côtes sous ta peau, Junghwanie.

— Et c'est pas beau ?

— Que ce soit beau ou non on s'en fout. Ce qui m'inquiète, c'est que c'est malsain. Un corps malade n'est pas un corps qui fait envie. Si t'es rachitique, moins de gens te trouveront attirant que si t'étais juste mince. Toi, je te l'ai dit, t'es déjà très bien tel que t'es. C'est normal de pas beaucoup s'aimer, surtout quand on passe sa journée sur les réseaux sociaux, mais c'est pas une raison pour se haïr à ce point. Je veux que tu gardes tes jolies joues, ton joli corps, parce que tout chez toi est aussi harmonieux que chez une œuvre d'art. J'aimerais que tu te voies avec mes yeux. Tu te rendrais compte que t'es un des plus beaux garçons du monde. Te monte pas la tête à propos de ton ventre, tes hanches, tes cuisses. Tout chez toi est sublime.

— Je sais pas pourquoi je me déteste autant…

— Quand on se prend des réflexions sans arrêt, c'est normal de finir par mal réagir. Si… si t'as bel et bien eu d'autres propriétaires qui te critiquaient, alors c'est pas surprenant que t'aies fini par te sentir mal dans ta peau, surtout si de base t'as pas beaucoup confiance en toi.

— Peut-être…

— Te fais pas subir la bêtise des autres, moi j'aime mon Junghwanie avec ses joues à bisous et son corps de dieu grec.

— Dis pas n'importe quoi, rougit tout à coup le cadet en le repoussant.

— T'en fais pas pour ça : je m'y connais un peu en art, je sais ce que je dis. »

Junghwan esquissa un sourire ému, et Soochul s'avança pour poser la main sur la joue de son ami qu'il caressa de façon délicate. Le jeune homme se blottit par réflexe contre ce toucher réconfortant, et tandis qu'il fermait les paupières, une dernière larme lui échappait.

« Merci, hyung… »

Et par curiosité, Soochul baissa les yeux sur le corps de son cadet. Les fissures qui striaient les hanches de Junghwan s'effaçaient déjà, mais pas celles qui apparaissaient sur son ventre.

« Sois pas si sévère avec toi-même, souffla l'aîné, tout chez toi est beau, et moi j'aime beaucoup ton ventre plat et dessiné.

— C'est vrai ?

— Bien sûr, Junghwanie. Détends-toi, arrête de t'inquiéter… je crois que c'est ça qui cause tes blessures.

— Ah ?

— J'y ai pensé quand tes joues se sont fissurées alors que tu m'avais dit à plusieurs reprises que tu les aimais pas, et là… regarde, ton corps. »

Junghwan baissa les yeux sur son ventre, sur lequel ne figuraient plus que de longs traits qui finiraient par disparaître et ne laissaient déjà plus voir de glaise.

« Tes complexes te détruisent, Junghwan, au sens propre, reprit Soochul en lui caressant la pommette, faut absolument que tu changes le regard que tu portes sur toi-même.

— J'y arrive pas…

— Tu vas commencer par arrêter les réseaux sociaux, c'est toxique.

— Mais je veux regarder les idols…

— Je téléchargerai tes musiques préférées sur mon ordinateur.

— Je veux aussi les voir.

— Quand t'iras mieux.

— Je vais mieux.

— T'as encore des traces sur le corps, et je veux pas que tu prennes le risque de souffrir, Junghwan.

— Hyung… »

Son geignement dépité atteignit Soochul en plein cœur, mais le jeune homme ne céda pas. Il prit entre ses mains celles de Junghwan qu'il serra de façon tendre.

« Écoute, je… je te considère comme un vrai ami, Junghwan, j'aime passer du temps avec toi, j'aime lire et cuisiner avec toi. S'il te plaît, je veux juste t'éviter de… enfin, je veux juste que t'évites de t'exposer à des blessures plus graves, et des conséquences plus graves.

— Des blessures plus graves ?

— J'ai peur pour toi, c'est tout. Je veux pas savoir ce qui risquerait de se passer si… si un jour tu devais vraiment détester une partie de toi-même au point de perdre le contrôle. Enfin… j-je sais pas, je sais pas si ça peut être plus grave que ces marques, mais je veux pas savoir. Et je suis convaincu qu'elles apparaissent quand t'es trop complexé.

— Je crois.

— Tu t'en es aperçu aussi ?

— Non, je sens que… quand je suis en colère contre moi-même, contre mon corps… quand je vois rouge et que j'ai l'impression que… que je suis hideux… y a comme une chaleur qui se diffuse en moi, là où des fissures finissent par apparaître.

— Alors tu le sens ?

— C'est ténu, je m'en rends à peine compte, c'est après coup que je remarque que oui, je l'avais senti venir.

— Je vois, donc c'est bien ça… mais pourquoi tu te fissures ? T'as été fabriqué comme ça ?

— Je sais pas, je pourrais pas t'expliquer. Mais… j'aime pas du tout. Je suis monstrueux : ni humain, ni statuette, je sais pas ce que je suis. Si d'autres me voyaient, ils seraient beaucoup moins cléments que toi. Pourquoi tu t'acharnes à m'aider alors que je ne suis rien de plus qu'une babiole un peu étrange ?

— Tant que t'auras des sentiments, que tu seras capable d'éprouver de la joie et de la peine, tu seras humain à mes yeux, et je t'aiderai.

— Et si j'arrête de ressentir ?

— T'arrêteras pas, j'en suis convaincu. Et t'es mon ami, je m'assurerai que tu retrouves ton créateur pour que tu vives en paix avec lui.

— Mais… je suis bien, moi, avec toi.

— Junghwanie, tu peux pas rester ici, je suis désolé. C'est pas ta place.

— Alors elle est où, d'après toi, ma place ?

— Auprès de l'homme qui t'a fabriqué. Lui saura comment te protéger, il prendra soin de toi. »

Junghwan baissa les yeux, l'air peiné, et Soochul se sentit triste pour lui qu'il appréciait sincèrement.

« On pourra rester en contact quand même, affirma-t-il donc dans l'espoir de le rassurer, je viendrai de temps en temps pour qu'on passe un moment ensemble, et tu pourras venir chez moi pour qu'on profite d'un après-midi tranquille. Oh, d'ailleurs j'y pense : j'ai un ami qui s'occupe d'une galerie d'art en ville, ça te plairait qu'on y aille ce weekend ?

— C'est vrai ?

— Oui, tu vas voir il est génial, et l'endroit est magnifique.

— Alors pourquoi pas, oui.

— S'il te plaît, Junghwanie, enlève-moi cette petite moue triste de ton visage. On restera amis, je te le promets, tu vivras juste avec quelqu'un qui saura un peu mieux que moi prendre soin de toi.

— Tu jures qu'on restera amis ?

— Promis juré.

— Et tu viendras me voir de temps en temps ?

— On échangera nos numéros, comme ça on discutera quand on voudra. »

Soochul songea qu'il avait peut-être tort de partir du principe que Junghwan demeurerait humain, mais peu importait. Pour lors, tout ce qu'il souhaitait, c'était le réconforter de son mieux. Il appuya la main dans les cheveux de son ami et les lui ébouriffa, provoquant l'hilarité de son cadet qui tenta de le repousser. Les deux garçons s'étreignirent ensuite, et ce ne fut qu'au terme de quelques instants, quand Soochul pensa à cette peau veloutée si douce, qu'il s'écarta tout à coup de Junghwan, empourpré.

« P-Pardon, balbutia-t-il, je voulais pas te gêner.

— Ça me gêne pas. Merci de m'avoir rassuré.

— Je t'en prie. Allez, viens, on va préparer le dîner ensemble. Ça te plairait que je mette un peu de musique ?

— Oui, beaucoup, merci. »

Soochul se dirigea à la cuisine, et une fois rhabillé, Junghwan le rejoignit. Son hôte avait sorti du placard plusieurs ingrédients pour deux bibimbaps, et le jeune homme l'assista de façon studieuse, pareil à un commis concentré sous le regard du chef. Les deux amis échangeaient parfois une œillade, et la musique, calme, accompagnait à merveille leur moment. Ils passèrent une heure dans la confection de leurs deux plats, discutant de sujets et d'autres. Soochul se montrait intéressé et passionnant à la fois, recouvrant Junghwan d'un voile de réconfort qui lui permettait d'oublier tous ses tracas, toutes ces choses difficiles qui lui tournaient sans cesse dans la tête.

Ils dînèrent aux alentours de dix-huit heures et se retrouvèrent dans la chambre juste après, assis sous la couette l'un contre l'autre, leur livre favori entre les mains. Junghwan se blottit contre Soochul de qui il se reput de la chaleur. Il posa la joue contre son épaule, et l'histoire démarra, se referma autour d'eux puis les enveloppa de sa magie.

Junghwan se sentit plus serein que jamais, et son aîné termina sa lecture dans un souffle alors qu'il s'assoupissait peu à peu. Soochul se tut, mais le silence ne dura pas.

« Hyung, murmura Junghwan.
— Oui ?

— Merci pour tout, merci d'essayer de m'aider de ton mieux… j'avais encore jamais rencontré quelqu'un d'aussi altruiste.

— C'est normal, voyons. J'ai envie que tu sois heureux, c'est tout. T'es quelqu'un de bien, tu mérites la même fin heureuse que celle des contes.

— Si tu pouvais rester avec moi, alors je sais que moi aussi, je vivrais heureux pour toujours. »

Cette remarque, prononcée avec une telle innocence, réchauffa le corps de Soochul, à la manière de coulées de lave que son cœur, palpitant de joie, pompait pour les envoyer brûler tout son être. Que Junghwan lui témoigne un pareil attachement le touchait beaucoup, un lien très puissant les avait unis dès leur rencontre, car le jeune homme avait conscience d'une chose : Junghwan n'avait que lui, et à l'inverse… parce que Soochul avait peu d'amis, parce que son quotidien l'étouffait parfois par sa morosité, lui aussi, il n'avait que Junghwan.

Quelques jours, et voilà que d'une certaine manière, ils étaient devenus tout l'univers l'un de l'autre.

9

Soochul ouvrit les yeux sur un vendredi paisible. Quelques nuages couvraient le ciel, cachaient le soleil par moments, et s'il s'intéressait d'habitude à la splendeur des premiers rayons, ce jour-là il prêta attention au jeune homme au visage délicat qui dormait à ses côtés. Junghwan, la joue droite écrasée sur l'oreiller voisin, paraissait plus comblé que jamais. Si seulement il pouvait garder pour toujours cette mine tranquille…

Soochul hésita et, un rictus attendri aux lèvres, finit par avancer la main pour caresser la joue de son ami assoupi.

La réaction de Junghwan ne tarda pas : il remua, poussa un geignement à peine audible et, plutôt que d'ouvrir les paupières, esquissa un doux sourire dans un soupir de plaisir. Certain qu'il était réveillé, Soochul le salua sans cesser ses mouvements.

« Bonjour, répondit Junghwan. Bien dormi ?
— Oui, et toi ?

— Pareil. Jusqu'à ce que tu me réveilles.

— Oups, désolé.

— T'inquiète… j'aime bien, continue. »

Soochul s'exécuta, amusé. Ils demeurèrent dans cette agréable position de longues secondes durant, au point que plusieurs minutes s'écoulèrent. Junghwan, quand son aîné écarta la main, se hâta de se blottir contre lui, enroulant les bras autour de sa taille pour enfoncer ensuite le visage dans son cou.

« Je veux rester encore un peu dans tes bras, hyung, s'il te plaît…

— Si tu veux. Ça va pas ?

— Si, je suis juste fatigué… je veux profiter de ta présence encore avant que tu partes travailler.

— Demain je bosse pas, affirma Soochul après avoir posé un baiser sur son front, on passera du temps ensemble, on ira au musée, et tu rencontreras Yongbae, mon ami.

— Ce sera chouette, c'est gentil. »

Le plus vieux cajola la chevelure de son cadet de façon tendre et le serra à son tour contre lui un bref instant. Junghwan dégageait une odeur délicate, exactement celle qu'il se figurait quand il croyait encore que la statuette représentait un ancien prince des dynasties passées. Un parfum indescriptible mais envoûtant, quelque chose de doux et puissant à la fois, pareil à une caresse capable de provoquer les émotions les plus fortes.

« J'aime vraiment être avec toi, souffla Junghwan. Je vivrais heureux pour toujours si je pouvais rester dans tes bras.

— T'es mignon, gloussa Soochul, ça se voit que tu connais pas vraiment toutes les conventions sociales.

— Comment ça ?

— Dire ça, c'est… pas bizarre non plus, mais… pas habituel, plutôt.

— Je comprends pas…

— T'es dans mes bras, on est tactiles, et tu me dis que tu voudrais rester là pour toujours… ça fait très romance.

— Ça veut dire que c'est pas bien ?

— Non, non, pas du tout. Moi j'aime bien, mais heureusement qu'il y a personne dans les alentours, sinon on nous regarderait bizarrement.

— Parce que je te fais un câlin ?

— Oui et non. C'est juste que… deux amis, c'est pas supposé être si proche physiquement. Du moins je l'ai jamais été avec mes amis.

— Et c'est ça qui est mal ?

— Non, nia encore Soochul. Enfin… c'est mal vu, mais c'est pas mal.

— Pourquoi c'est mal vu ?

— Une romance entre deux garçons, c'est pas correct, tu comprends ?

— Non, admit Junghwan avec une moue perplexe.

— Je veux dire… l'amour, entre deux garçons. Quand on est si proches physiquement, on dirait qu'on s'aime, alors c'est bizarre.

— Mais moi je t'aime. »

Soochul lâcha un ricanement affectueux et appuya un nouveau baiser dans la chevelure de son cadet.

« T'es vraiment trop mignon, Junghwanie. Moi aussi je t'aime, mais je te parle pas de cet amour, je te parle de l'amour au sein d'un couple.

— Oh… alors je dois pas te faire de câlins ?

— Quand on est juste tous les deux, si, ça me fait même très plaisir. Moi aussi j'aime t'avoir dans les bras.

— Je comprends. Pas de problème.

— Je vais devoir me préparer à aller au travail. Tu veux qu'on se prépare un truc à manger avant que je parte ?

— Je sais pas, j'ai pas très faim.

— Comme tu le sens. Tu prévois de faire quoi aujourd'hui ? s'enquit Soochul d'un ton qui se voulait léger en dépit de son inquiétude.

— Je sais pas trop.

— J'ai un livre qui pourrait te plaire, si ça t'intéresse. Tu pourrais en lire le début et voir si tu veux continuer. Ça te tente ?

— Oui, pourquoi pas. Ce serait quel livre ? »

Soochul lui tendit un petit roman d'à peine trois cents pages. Junghwan l'observa, la mine circonspecte. Désormais assis sur le lit, son aîné près de lui, il lut le résumé avec intérêt, et son visage s'illumina.

« Ça a l'air sympa ! Je le lirai, hyung, merci beaucoup !

— Très bien, et s'il y a le moindre souci, envoie-moi un message, comme hier. Je reviendrai aussi vite que possible.

— Oui, merci.

— Est-ce que… ça va mieux, d'ailleurs ? Tes fissures ont disparu ? »

Junghwan, la mine tout à coup soucieuse, jeta par réflexe un œil à son abdomen recouvert par le t-shirt prêté par Soochul. Il se mordit la lèvre inférieure et, après une hésitation marquée qu'il balaya d'un profond soupir, il leva son vêtement. Son geste révéla son ventre, sur lequel quelques ultimes traces persistaient. Ses hanches avaient retrouvé leur blancheur immaculée, et Soochul dut se retenir pour ne pas poser la main sur cette peau de porcelaine qu'il désirait plus que tout au monde.

Si seulement Junghwan avait pu être non un garçon mais une fille, au moins il ne l'aurait pas regardé de cette façon, il n'aurait pas éprouvé de désir envers lui. Or, du fait de sa sexualité et du lien qu'il avait très vite tissé avec Junghwan… impossible de ne pas imaginer une relation avec lui qu'il trouvait tout à la fois beau, intelligent, intéressant et affectueux. Junghwan lui apparaissait comme le petit ami rêvé, et même s'il se haïssait de penser de cette manière, il ne parvenait pas à considérer son cadet comme un simple ami. Il aimerait plus, tellement plus… ce qui expliquait leur précédent dialogue : quand il le serrait contre lui, il se sentait certes heureux, mais avant tout tiraillé par des envies inavouables.

Junghwan incarnait la pureté.

Soochul secoua la tête de gauche à droite pour chasser ses idées et se concentra sur Junghwan qui avait replacé son haut.

« Ça a presque entièrement disparu, annonça ce dernier d'un ton fier.

— Je suis content pour toi. Fais bien attention à toi, surtout. Tu me diras ce que t'as pensé du livre, ce soir ?

— Promis, hyung. Je vais essayer de tout lire aujourd'hui ! »

Soochul sourit : parce que Junghwan aimait profiter de l'histoire, se délecter de chaque mot, son rythme de lecture s'avérait assez lent pour que le bouquin en question lui prenne sa journée entière, jusqu'au retour de l'aîné. Rassuré, ce dernier opina et partit de la chambre pour se préparer à manger, Junghwan sur les talons. Les deux garçons se séparèrent quelques dizaines de minutes plus tard.

Chaque matin, Soochul trouvait que se rendre au travail devenait plus difficile que la veille. Quitter Junghwan, penser à lui, s'inquiéter pour lui… puis le rejoindre après de longues heures pour se régaler avec lui d'une soirée à deux, autour d'un conte qui leur permettait de s'endormir le cœur serein et la tête remplie de magie.

Soochul avait profité de sa pause méridienne pour s'entraîner à la salle de sport. La journée passa vite, et les deux garçons se retrouvèrent avec le même enthousiasme qu'à l'accoutumée. L'aîné éprouva sans savoir pourquoi le besoin d'enlacer son ami qui lui rendit son étreinte, touché qu'il ose initier un tel contact entre eux, lui qui se montrait d'habitude tant en retrait.

« Ta journée a été bonne ? s'enquit Junghwan en l'accompagnant à la chambre.

— Oui, paisible, et la tienne ?

— Pareil. J'ai lu toute la matinée, et en début d'après-midi, j'ai un peu dormi. J'ai pas fini de lire le livre que tu m'avais laissé, je le terminerai plus tard.

— Il te plaît ?

— Oui, j'aime bien. Moins que *L'Alchimiste*, mais j'aime beaucoup quand même.

— Tu veux qu'on continue de le lire ce soir au lieu de…

— Non, le coupa Junghwan qui avait deviné la fin de sa phrase, je veux que tu me lises un conte, s'il te plaît.

— D'acc, ça me va. On lira un conte.

— Merci ! En attendant, on va dîner ? J'ai cuisiné après ma courte sieste, je voulais te préparer quelque chose de sympa. »

Soochul acquiesça en le remerciant, et tous deux passèrent un agréable moment avant de se retrouver dans le lit pour un conte. Junghwan se serra contre son aîné, ferma les paupières, et se laissa embarquer dans un nouveau voyage jusque dans des contrées inconnues. La voix de Soochul ne cessait pas de l'émerveiller, il s'en délectait.

Leur conte du jour s'acheva, et Junghwan garda les yeux clos.

« Hyung ?

— Oui ?

— Je voudrais me reposer dans tes bras. Ça te gêne pas ?

— Non, t'inquiète pas. Viens. »

Toujours assis, le jeune homme ouvrit les bras à son cadet qui, après une hésitation, osa une deuxième question.

« Je peux m'installer sur tes cuisses ?

— Euh… si tu veux.

— Tu veux pas ?

— Si, si, je veux bien. Viens. »

Le besoin d'affection débordant de Junghwan le déstabilisait autant qu'il lui plaisait, si bien que Soochul avait décidé de ne pas s'attarder sur leur position, afin d'offrir à son ami l'attention qu'il semblait sans cesse chercher. Peu sûr de lui, Junghwan aimait se sentir entouré, chéri, et dans l'espoir de lui permettre de regagner sa confiance en lui, son aîné désirait le choyer. Il devait s'occuper de lui, sinon quoi Junghwan risquait de nouvelles fêlures – Soochul en était convaincu.

Le cadet donc rouvrit les paupières et bougea dans des mouvements fatigués pour s'installer sur les cuisses de son hôte et se lover contre son torse puissant. Ses bras forts s'enroulèrent autour de lui, et il lui sembla que Soochul lui transmettait sa chaleur. Junghwan en frémit de plaisir : il savourait chaque contact avec son ami, chaque contact avec cet humain qui le traitait comme un égal.

Il possédait peu de souvenirs de ses vies antérieures avec ses précédents propriétaires, seules quelques bribes lui revenaient par moments, et jamais rien d'agréable. Ainsi, il profitait de chaque instant passé avec Soochul comme du plus doux de sa courte existence. Jamais auparavant il n'avait réussi à oublier qu'il n'était qu'une banale statue de glaise. Désormais et aux côtés de son ami, il ne s'inquiétait plus de sa condition. Soochul agissait avec lui comme avec une personne normale.

Junghwan jurerait que ça le rendait normal à son tour, c'était rassurant.

« Je suis tellement bien dans tes bras…

— T'es sûr que ça va ? s'inquiéta Soochul de peur qu'il lui cache de nouvelles blessures.

— Oui, certain. Je suis heureux quand t'es là. Je t'aime vraiment beaucoup.

— Junghwanie… »

Soochul se mordit l'intérieur de la joue : comme il aimerait l'embrasser là, maintenant ! Comme il aimerait lui adresser une déclaration brûlante de passion et se jeter sur ses lèvres ! Junghwan le fascinait, ses innombrables qualités l'émerveillaient, et le tenir ainsi contre lui, de la même manière que ce matin, le troublait au plus haut point. Ses sens s'éveillaient, jusque-là jamais stimulés, si bien qu'ils se révélaient plus sensibles que ce que Soochul avait imaginé.

Il mourait d'envie de toucher Junghwan d'une façon bien moins chaste – oh comme il souhaiterait le plaquer sur le lit pour lui faire l'amour sans attendre une seconde de plus !

Soochul resserra son étreinte autour de son ami, revenant à la raison tandis qu'une vague de culpabilité le frappait. Comment pouvait-il songer à de telles choses avec un garçon (une statuette !) rencontré à peine une semaine plus tôt ? Lui qui avait toujours agi de manière réfléchie, comment pouvait-il laisser ses plus bas instincts crier leur désir pour Junghwan ?

10

Soochul embrassa le front de Junghwan qui, toujours sur ses cuisses, était recroquevillé contre lui, dans ses bras qui le protégeaient du monde extérieur et de ses dangers. Le moment s'éternisa pour se perdre dans le temps, dont ils ignoraient le passage autant que l'existence, et l'aîné ne repoussa son cadet avec délicatesse que quand il sentit que s'ils restaient ainsi, un petit souci ne tarderait pas à poindre entre ses jambes.

Junghwan lui plaisait, il ne décidait pas des réactions de son corps…

« On va se coucher ? s'enquit Junghwan en se détachant de lui.

— Ouais, allons-y. »

Junghwan se leva pour se brosser les dents, imité par son ami. Ils plongèrent sous la couette après avoir éteint la lumière et rangé la chambre, et quand il remarqua que Soochul s'était mis dos à lui, le plus jeune comprit qu'il ne souhaitait pas le garder contre lui plus longtemps. Craignant de l'avoir ennuyé à chercher tant de contact, Junghwan ne réclama rien. Il se tourna à son tour, face au mur, et ferma les paupières à regret.

Il aurait voulu se reposer dans les bras de Soochul…

En se réveillant le lendemain, Junghwan s'aperçut que son voisin dormait toujours. Ce dernier l'avait prévenu : parce qu'il ne travaillait pas ce jour-là, pas d'alarme, ils pouvaient prendre tout leur temps pour se lever, jusqu'à passer la matinée entière au lit s'ils le désiraient. Heureux, Junghwan se retourna, se rendant alors compte que son aîné s'était tourné aussi de sorte à se trouver désormais face à lui. Les yeux fermés, il respirait de façon paisible, et son visage serein attendrit le cadet qui se reposa près de lui. Sa seule présence suffisait à combler son cœur.

Tant pis si Soochul était convaincu qu'il ne l'aimait que comme un ami. Il terrerait ses émotions au fond de son âme.

À cette idée, Junghwan sentit son pauvre petit organe lui frapper le thorax, comme s'il le suppliait de ne pas taire ses véritables sentiments. Mais il ne pouvait pas tout lui révéler, Soochul ne comprendrait pas qu'il soit si vite tombé amoureux… rien de surprenant, pourtant, à ce que Junghwan ait développé une telle affection pour lui : Soochul le protégeait, lui parlait avec une douceur folle et agissait avec lui non comme avec un simple égal, mais une personne plus précieuse que tout. Jamais dans ses souvenirs on ne lui avait accordé une pareille importance, et jamais on ne l'avait traité avec tant d'égards.

Alors même si Soochul ne devait le considérer que comme un ami, Junghwan continuerait de s'en réjouir, car être devenu proche de ce garçon était ce qui lui était arrivé de mieux depuis sa création.

« Bonjour, marmonna Soochul en entrouvrant les paupières. Bien dormi ?

— Salut. Oui et toi ?

— Pareil.

— Câlin ? osa Junghwan d'un ton hésitant.

— Viens là. »

Il lui ouvrit les bras et, ravi, Junghwan s'y lova aussitôt. Il adorait ! Depuis quelques jours, Soochul ne lui refusait plus la moindre étreinte, et pour lui qui s'avérait de nature tactile, c'était un bonheur ! Il ne se lassait pas de ces petits moments pendant lesquels son cœur palpitait, tambourinait contre ses côtes !

Ils s'écartèrent et quittèrent le confort du lit.

« On fait quelque chose aujourd'hui ? s'enquit Junghwan. Tu travailles pas, c'est bien ça ?

— Ouais, je me disais qu'on en profiterait pour aller à la galerie d'art, si ça t'intéresse.

— Oui, carrément !

— Et on pourra ensuite s'installer dans un café ou un restaurant, selon l'heure, histoire de passer un moment ensemble.

— Ça me plairait beaucoup.

— Et toi, tu voudrais faire quoi ?

— Moi ? s'étonna Junghwan. Ce que tu veux.

— Y a pas un endroit où tu voudrais aller ?

— Euh… je connais pas l'extérieur, je suis presque jamais sorti.

— Ah ? Bon, alors on se promènera cet après-midi, et si tu trouves un endroit qui t'intrigue, on verra si on peut y aller.

— D'accord ! » s'enthousiasma le cadet qui se réjouissait d'avance de leur après-midi entre amis.

Les garçons, à la cuisine, préparèrent leur petit déjeuner en regardant une vidéo. Ils retournèrent à la chambre et s'occupèrent ensuite en discutant pendant qu'ils nettoyaient et rangeaient la pièce puis l'appartement. Tout se déroulait bien et la conversation allait bon train, jusqu'à ce que Soochul demande à son ami s'il gardait quelques souvenirs de ses vies passées.

« Oui, quelques-uns, approuva Junghwan de qui le visage s'assombrit.

— Tu te rappelles pas tout ? s'étonna son aîné.

— Non. Retourner à l'état de statuette me rendait partiellement amnésique, je sais pas pourquoi… ou alors c'est parce que je passais tellement de temps sous cette forme que mes souvenirs me quittaient peu à peu.

— Et tu te souviens de beaucoup de choses ?

— Essentiellement de mauvais traitements, souffla le cadet en cessant sa tâche. J'ai pas de souvenirs heureux.

— Oh, je suis désolé, Junghwanie, je voulais pas te rappeler des choses difficiles, s'excusa Soochul en approchant pour l'enlacer – il savait qu'il n'existait rien de mieux pour le réconforter.

— C'est rien. T'es tellement différent d'eux… c'est tellement agréable de rester avec toi. Eux, ils me craignaient, et quand ils ont compris que je leur ferais aucun mal… ils se sont mis à me mépriser. Ils me regardaient de haut, m'insultaient, et l'un d'eux a même levé la main sur moi parce qu'il savait que je pourrais rien faire.

— C'est pour ça que tu recherches constamment de l'affection…

— Je sais pas. »

Soochul resserra son étreinte, et Junghwan posa le front contre ses pectoraux sans se rendre compte qu'il se laissait submerger par son passé. Une larme lui échappa, que son aîné balaya d'un geste de la main aussitôt qu'il la remarqua.

« Je suis fatigué, hyung, gémit Junghwan d'une petite voix. Je veux pas redevenir une statue et retourner chez l'antiquaire, prendre le risque qu'un autre m'emporte et me maltraite. Je veux rester ici avec toi… Je veux qu'on reste amis.

— Je te promets qu'on restera amis, mais je dois retrouver l'antiquaire, au moins pour lui poser quelques questions. Ensuite, on verra si tu retournes ou non auprès de lui. Je t'obligerai pas à partir.

— Tu jures ?

— Je jure. Si tu veux vraiment pas partir, alors tu partiras pas.

— Mais t'avais dit… enfin…

— Je sais, j'avais dit que tu devais retourner auprès de lui, mais… pas s'il doit te confier à quelqu'un d'autre ensuite. Seulement s'il promet de te garder et de prendre soin de toi. Il avait l'air de beaucoup tenir à toi, alors je suis sûr qu'il m'écoutera si je lui raconte tout.

— Hyung, je t'en prie…

— Je veillerai à ce qu'il ne t'arrive plus jamais le moindre mal, Junghwanie.

— Merci… merci pour tout. »

Junghwan voulut lui demander pourquoi il agissait de cette manière avec lui, mais il se tut. Soochul voulut lui avouer qu'il était tombé amoureux de lui, mais il se tut.

Quelques instants plus tard, ils s'écartèrent, tentèrent de basculer sur un sujet plus léger, et ils poursuivirent leur besogne. Une fois l'appartement propre comme un sou neuf, ils s'attelèrent à la préparation du repas. Junghwan prit les rênes, et Soochul s'émerveilla de ses connaissances et de son talent derrière les fourneaux.

En début d'après-midi, après leur déjeuner, les deux amis se décidèrent à partir. Le soleil brillait dans un ciel dégagé qui mit de bonne humeur Soochul, et Junghwan se sentit plus serein en découvrant la vie en dehors de ce petit monde qu'était celui du studio où il vivait jusqu'à présent. Parce que le quartier s'avérait plutôt résidentiel, peu de véhicules circulaient sur la route devant eux, et seuls quelques piétons arpentaient les trottoirs, le pas déterminé, presque pressé. Pas de hauts édifices pour caresser les cieux, ici les bâtiments ne dépassaient pas les deux étages, de sorte que le paysage ne donnait pas la sensation de les écraser.

Soochul avait pensé à apporter dans son sac une casquette et un masque en tissu, pour le cas où des fissures surgiraient.

« Je ferai attention, je te jure, affirma Junghwan d'un air penaud quand son aîné lui expliqua la raison pour laquelle il avait pris tout ça.

— Non, justement, sourit son ami avec tendresse en lui tenant la porte pour quitter l'immeuble. Faut juste que tu t'aères l'esprit, que tu penses à autre chose. Reste pas focalisé sur le négatif. Profite avec moi du positif.

— Oui, d'accord. Je veux profiter. »

Soochul acquiesça, souriant, et passa un bras affectueux autour des épaules de son cadet qui se sentit rougir. Il le relâcha très vite et ils se promenèrent ensemble le cœur léger. Junghwan, le visage rivé sur le sol, craignait de croiser un regard dédaigneux ou écœuré : Soochul le considérait comme un humain à part entière, mais les véritables humains devineraient-ils sa nature ? Il avait si souvent entendu des remarques sur son apparence, sur son aspect monstrueux… Soochul lui avait affirmé qu'il le trouvait sublime, mais comment le croire quand tant d'autres avaient soutenu l'inverse ?

« T'as vu, Junghwanie, on vient de passer devant un palais. Les anciennes dynasties y vivaient autrefois.

— Ah, oui. »

Junghwan s'arrêta quand son ami se stoppa en poussant un soupir. Il leva les yeux pour rencontrer son regard dans lequel se lisait sa peine.

« Junghwan, on est passés devant aucun palais, pourquoi tu gardes les yeux fixés sur le trottoir ? Y a tellement de belles choses desquelles profiter quand tu lèves le nez.

— Oui, mais… y a des gens, souffla Junghwan qui n'osait pas parler plus haut.

— Ah bon ? J'avais pas remarqué.

— Hyung, s'il te plaît.

— Pardonne-moi. Mais qu'est-ce qui t'ennuie dans le fait qu'on soit entourés ?

— Mon visage… s'ils me voient… enfin, la dernière fois, quand on est sortis, c'était le matin, il faisait à peine jour et y avait peu de monde, mais là…

— Pourquoi tu t'inquiètes que les autres te voient ? T'es même pas fissuré.

— Je sais, mais… est-ce que mon visage a pas l'air bizarre ?

— T'es un peu trop beau, mais les gens magnifiques, ça existe, ça devrait pas attirer trop l'attention.

— Hyung, enfin !

— Bah quoi ? C'est vrai, t'as un visage magnifique, se défendit Soochul qui avait repris son chemin. Je te jure, on pourra demander à Yongbae, il te dira, lui. Il a de grandes connaissances en art, il saura te dire si tu corresponds aux canons de beauté – et crois-moi qu'il le dira, parce que c'est le cas.

— C'est vraiment gentil, merci beaucoup. »

Soochul lui adressa un sourire, et Junghwan trouva enfin le courage de lever les yeux – et le menton. Ses prunelles s'illuminèrent, et sa mâchoire s'entrouvrit d'admiration.

« C'est pas plus joli, Séoul, quand tu lèves les yeux ? demanda l'aîné d'un ton affectueux devant sa réaction.

— Si, c'est magnifique. T'es sûr que ça te gêne pas que je sois à côté de toi ?

— Bien sûr que non, je suis heureux de me promener avec toi, surtout si je peux te faire passer par des rues un peu différentes et découvrir des quartiers. On va passer un bon moment, j'en suis convaincu. »

Junghwan opina et, une demi-heure plus tard, ils arrivaient à la galerie d'art. Soochul en poussa la porte, laissa son cadet passer devant lui, et le suivit. Au comptoir, Yongbae s'affairait à ranger les nouvelles brochures qui indiquaient les prochaines expositions. Il s'était légèrement maquillé, les cheveux bouclés, habillé d'une élégante chemise blanche rentrée dans un chino gris, avec par-dessus un blazer d'un bleu qui tirait vers le gris.

« Bonjour mon Soochulie-hyung, comment tu vas ? lança le jeune homme quand il le remarqua – puis son regard se posa sur Junghwan. Oh, mais qui est ce sublime garçon qui t'accompagne ? C'est ton copain ? »

Junghwan, qui jusqu'à présent souriait, ouvrit des yeux ronds en se tournant vers Soochul qui, l'air las, poussa un soupir.

Il aurait dû s'en douter, venant de Yongbae…

11

« Euh… de quoi il parle, hyung ? demanda Junghwan, perplexe.

— Laisse, il dit que des conneries, grommela Soochul.

— Oups, j'ai dit quelque chose qu'il fallait pas, pardon, s'excusa Yongbae qui ne semblait pas le moins du monde désolé. Alors tu nous présentes ? »

Soochul lui jeta un regard réprobateur.

« Junghwan, je te présente Yongbae, un idiot. L'idiot, je te présente Junghwan, un ami dont je voulais justement te parler.

— Ah, intéressant, sourit Yongbae. Et de quoi tu voulais me parler, au juste ?

— On pourrait aller dans un endroit calme ? Ensuite tu nous feras faire la visite de la galerie, je suis sûr que ça plairait beaucoup à Junghwan. »

Ce dernier acquiesça, et Yongbae, comprenant que son ami désirait aborder un sujet sérieux, les invita à le suivre dans une pièce réservée au personnel. Soochul l'en remercia, et Junghwan les talonna en silence, conscient que son aîné souhaitait s'entretenir avec Yongbae à son propos.

Stressé à l'idée qu'on révèle son secret, il frémit et referma derrière lui la porte qu'il venait de franchir en dernier. Les jeunes gens étaient entrés dans une petite salle de pause où se trouvait une unique table entourée de quatre chaises. L'endroit, propre et d'une couleur crème apaisante, inquiétait pourtant Junghwan, qui prit place à côté de son ami, qui lui-même se tenait face à Yongbae.

Et Soochul raconta. Il résuma l'histoire de Junghwan sous le regard médusé du guide, qui ne le coupa pas une seule fois, sans doute du fait de la stupéfaction. Son récit achevé, Soochul attendit, et Yongbae demeura muet.

« T'en penses quoi ? s'enquit finalement Junghwan après un silence trop pesant pour lui. Je sais que c'est difficile à croire, mais c'est vrai.

— C'est une blague, c'est ça ? demanda Yongbae.

— Non, je t'assure que c'est toute la vérité.

— C'est délirant, comment vous voulez que je croie un truc pareil ?

— Je sais que c'est super inattendu et bizarre, admit Soochul d'un ton embarrassé, mais faut que tu me croies, je sais pas quoi faire : je retrouve pas l'antiquaire et j'ai besoin de lui poser des questions à propos de Junghwan.

— Si c'est pas indélicat, t'as encore des marques sur le corps ?

— Oui, opina Junghwan que Yongbae regardait. Sur mon bas-ventre, on voit encore un petit peu de glaise en dessous. »

Sans hésiter, il souleva son t-shirt et passa le pouce sous son jean afin de le baisser juste assez pour révéler une portion de peau sous son nombril, où se trouvaient en effet plusieurs fêlures refermées qui ne dévoilaient plus de terre, ainsi qu'une autre, petite et sur le point de disparaître à son tour, qui laissait encore discerner la glaise sous son épiderme.

Yongbae écarquilla les yeux.

« C'est vraiment de la glaise ? Ça pourrait aussi être du sang séché… et dans tous les cas, qu'est-ce que tu fais avec des marques pareilles sur le corps ? C'est hyper dangereux, non ? Ça te fait pas mal ? l'interrogea Yongbae avec un débit d'une rapidité surprenante.

— C'est pas douloureux, répondit Junghwan, et ça apparaît comme hyung l'a dit.

— Je peux pas croire ça, c'est trop dingue…

— Pourtant t'en as la preuve sous les yeux, répliqua Soochul. Écoute, on a vraiment besoin d'aide, t'as jamais entendu une histoire similaire ? T'as étudié l'art, t'as pas déjà entendu parler d'une légende ou d'un truc du genre qui te fasse penser à Junghwan ?

— Non, bien sûr que non, je… euh… enfin…

— Yong ?

— Peut-être… le golem ? Une statue de glaise qui prend vie… moi, c'est ça que ça me rappelle. Mais la ressemblance s'arrête là, il n'a aucune autre caractéristique commune avec lui.

— J'avoue que j'y avais pas pensé.

— C'est quoi ? demanda Junghwan.

— Le golem est une créature qui appartient à la tradition juive, songea Yongbae. Il était fait de glaise, et le mot « vérité » était inscrit en hébreu sur son front. Il répondait aux ordres qu'on lui donnait mais est devenu incontrôlable, alors il a fallu effacer la première lettre du mot « vérité », ce qui en hébreu donne ensuite le mot « mort ». Ça l'a neutralisé, et il est retourné à son état de glaise. Pour résumer, c'était ça, le golem. Donc le rapport avec toi s'arrête à votre matière première, la glaise. Si on reste dans les religions, on trouve aussi Adam, formé d'après la Genèse par Dieu à partir de poussière et de terre. Mais il s'agit de récits religieux, rien de plus.

— Je vois…

— En fait, dans la plupart des récits de création, on trouve un lien à la terre, réfléchit Yongbae. Les auteurs grecs sont pas toujours d'accord entre eux, mais on peut par exemple penser à leur conception de la création de l'homme : le titan Prométhée aurait créé l'homme à partir d'eau et de terre. Dans une autre version, c'est les dieux qui ont créé l'homme, avec cette fois un mélange de terre et de feu. Donc oui, Soochul, j'ai un bon paquet de légendes en tête, mais… à quoi ça nous avance ? Aucune ne correspond à Junghwan, c'est… c'est bien trop dingue. Et puis ce sont des légendes : Adam, le golem et Prométhée sont aussi imaginaires les uns que les autres, à quoi ça nous avance ?

— Je sais pas, mais ça me donne une meilleure idée du personnage à qui j'avais affaire, affirma Soochul. C'était quelqu'un de très cultivé, je l'ai écouté parler des heures sans me lasser. Il devait forcément connaître toutes ces légendes.

— Tu vas pas me faire croire que tu penses qu'il a cherché à recréer un humain à partir de ces récits…

— J'en ai aucune putain d'idée, Yong, tout ce que je sais, c'est que j'ai reçu de lui une statuette de glaise qui s'est changée en ce magnifique jeune homme ici présent. »

Junghwan se mordit la lèvre inférieure et rougit d'embarras autant que de plaisir à cette remarque. Il baissa les yeux et se concentra sur ses doigts qui s'entremêlaient tandis que les deux autres poursuivaient leur conversation. Elle ne déboucha néanmoins sur rien de plus : aucun ne possédait la moindre information à propos de Junghwan, ils se sentaient dépassés par les évènements.

« Je suis désolé de pas pouvoir t'aider davantage, conclut Yongbae en quittant sa chaise. Mais tiens-moi au courant, j'essaierai de faire quelques recherches de mon côté.

— Merci beaucoup, Yongbae. Dis, j'étais aussi venu avec l'espoir que Junghwan puisse visiter une galerie d'art, tu pourrais nous servir de guide ?

— Bien sûr, j'en serais heureux. »

Junghwan, jusque-là trop gêné pour parler, osa relever les yeux pour remercier son nouvel ami. Ce dernier leur fit quitter la salle et leur montra l'exposition du moment, que Soochul connaissait déjà mais qui impressionna Junghwan. Peu intéressé par l'art, il trouvait néanmoins fascinantes les explications du spécialiste qui lui présenta les œuvres. On sentait dans le moindre de ses mots sa passion pour ce domaine, partagée par Soochul de qui émanait le même amour pour ces travaux.

Ils s'en allèrent alors que l'après-midi était bien entamé.

« Je commence à avoir faim, ça te dirait qu'on grignote un truc ? Pas loin, y a une dame qui s'occupe d'un stand de street food sympa, sourit Soochul.

— Oui, je veux bien. »

L'air ailleurs, Junghwan regardait devant lui sans sembler écouter son aîné qui posa une main sur son épaule.

« Junghwan, t'inquiète pas, je sais que… ça a pu être déstabilisant, ce qu'a dit Yongbae, mais… je veux que tu saches que malgré tout, on te considère vraiment comme un garçon à part entière. Glaise ou pas, t'es mon ami, et si je voulais savoir tout ça, c'était juste dans l'espoir de te protéger. J'aimerais savoir s'il y a un moyen de faire cesser ces fissures, et… surtout s'il y a un moyen de te rendre tout à fait humain.

— Tu voudrais que je sois humain ?

— Bien sûr. Je sais que toi aussi, ça te rendrait heureux, et j'aimerais que tu sois vraiment heureux.

— Avec toi, j'oublie de plus en plus souvent ce que je suis. »

Le sourire de Junghwan rassura Soochul, et alors que la discussion s'achevait, ils arrivaient devant le stand de street food mentionné quelques instants plus tôt. Une dame s'en occupait, elle y vendait d'appétissants beignets fourrés à la pâte de haricots rouges, au chocolat, ou bien au beurre de cacahuète selon les goûts de chacun. Les garçons s'arrêtèrent, et ils remercièrent la femme une fois leur gourmandise en main. Junghwan cependant, après une œillade à son aîné, marqua une hésitation.

« Junghwanie, c'est pas ça qui va te faire grossir, soupira Soochul, t'as pas beaucoup mangé ce matin, et à midi t'as pris bien moins de riz que moi.

— T'es sûr ?

— Si tu notais tout ce que tu mangeais pour faire le total de tes calories en une journée, tu serais surpris. Je sais même pas si t'atteins les mille sept cents…

— C'est déjà beaucoup.

— Non.

— D'accord. »

Soochul esquissa un rictus devant l'abandon si rapide de son cadet qui, après une dernière seconde à observer son beignet sans oser y toucher, trouva enfin le courage de le porter à sa bouche. Il mordit dedans, et son visage s'illumina. Il mâcha un long moment.

« Hyung, c'est tellement bon ! s'émerveilla-t-il.

— Et tu peux en manger un ou deux par semaine, si ça te chante, tu prendras pas un gramme tant que tu manges équilibré à côté, ajouta Soochul.

— Merci. »

Son regard reconnaissant émut son ami qui se pencha pour lui embrasser la joue de façon affectueuse, ce qui accentua le rose de ses jolies pommettes. Ils se régalèrent ensemble de leur petit festin et passèrent devant un parc dans lequel ils décidèrent d'entrer pour s'y promener. Soochul avait songé à aller interroger tout de suite le voisinage de l'antiquaire pour en apprendre plus à son sujet et peut-être découvrir sa nouvelle adresse, mais il préférait agir sans Junghwan, de peur que ce dernier ne se vexe de le voir chercher avec une telle ardeur son créateur.

Il s'y rendrait lundi, après le travail.

Au parc, une fois leur beignet avalé, ils bavardèrent des œuvres de la galerie, et Junghwan se rappela un détail qui manqua de le faire s'empourprer de plus belle.

« Dis, quand Yongbae-ssi t'a demandé si j'étais ton copain, c'est… c'est parce que…

— Je suis gay, soupira Soochul. Oui. Et cet imbécile est pas supposé le crier sur tous les toits.

— Oh, je vois…

— Ça t'ennuie ? Tu sais, t'es mon ami, alors quand tu veux me serrer dans tes bras, t'as rien à craindre, je…

— Je sais, le coupa Junghwan, j'ai rien à craindre avec toi, j'en ai conscience. T'es un garçon très respectueux, et ton orientation ne concerne que toi. J'ai aucun problème avec ça, je t'assure.

— Ça me rassure, merci mon Junghwanie. »

Son cadet se tourna vers lui pour lui adresser un sourire aussi radieux que le soleil, et ils poursuivirent leur route. Ils ne rentrèrent qu'en début de soirée, alors que le ciel se teintait de couleurs pastel envoûtantes. Ils arrivaient devant l'immeuble de Soochul quand Junghwan leva les yeux sur la voûte céleste.

« Je voudrais revivre cette journée tous les jours, murmura-t-il. Merci de m'avoir fait découvrir Séoul, c'est une ville magnifique. »

Ils retrouvèrent leur cocon, et Soochul se sentit soulagé de sortir de son sac la casquette et le masque qu'il n'avait pas eu à utiliser. Il espérait sincèrement ne plus jamais voir son ami avec des blessures si atroces sur le corps. Ces fêlures… elles le déshumanisaient en même temps qu'elles le rendaient bien trop humain : elles révélaient sa véritable nature autant que sa sensibilité.

12

Après une soirée à regarder des animés et lire un nouveau conte, Junghwan et Soochul s'étaient assoupis l'un dans les bras de l'autre, désormais habitués à ces contacts qui caractérisaient leur relation. Cette proximité les rassurait tous deux, et ils se complaisaient dans ces étreintes.

Soochul se réveilla le premier, très vite suivi par Junghwan qui le sentit remuer. Il cligna des paupières puis ouvrit les yeux, découvrant le faible espace qui le séparait de son aîné qui, à ce constat, recula. Quelques formules de politesse furent échangées et, peu désireux de se lever tout de suite, les jeunes gens se lovèrent de plus belle l'un contre l'autre.

Le cœur de Junghwan palpitait contre ses côtes, à la fois de bonheur du fait de sa position, mais aussi de douleur, parce qu'il savait que Soochul ne l'aimait pas comme lui l'aimait. Quant à Soochul, il essayait de maîtriser ses envies, incapable de réfréner ses pensées quand il serrait Junghwan si fort contre lui. Il lui avait juré ne jamais tenter quoi que ce soit, et il ne briserait sa promesse pour rien au monde. Junghwan lui était beaucoup trop précieux.

Or, malgré tout, Soochul ne put pas empêcher son corps de réagir, si bien que lorsque son cadet bougea, il se figea tout à coup.

« J-Junghwanie, s'il te plaît. Attends.

— Hum ?

— On va prendre notre petit déjeuner ?

— Euh… ouais, si tu veux. Ça va pas ?

— Si, si, très bien, pourquoi ?

— Ton visage est devenu tout rouge d'un coup.

— J'ai pensé à un truc idiot, c'est rien.

— Ah, c'était quoi ?

— Rien.

— Tu veux pas me dire ? Ça me concernait ? s'inquiéta Junghwan avec une moue soucieuse.

— Non, t'en fais pas, c'était rien du tout. Allons manger.

— Bon, si tu veux. »

Craignant d'avoir blessé son cadet, le jeune homme se releva et réfléchit à un moyen de détendre l'ambiance, quand Junghwan, debout aussi, approcha et lui tapota l'épaule.

« Hyung…

— Oui ?

— Tu sais, lui souffla-t-il à l'oreille, je suis peut-être une statue, mais je sais ce que c'est, une érection. T'avais pas à te sentir gêné. »

Et sur ces mots, il fila le premier, sous le regard médusé de Soochul qui mit quelques instants à comprendre ce que son ami venait de lui susurrer de manière si sensuelle. Ciel, son érection ne risquait pas de s'arranger !

« Junghwanie, tu m'aides pas ! geignit le jeune homme.

— Viens manger au lieu de te plaindre ! »

L'aîné poussa un soupir et changea de direction pour ouvrir son armoire de laquelle il sortit un long sweatshirt qu'il enfila afin de dissimuler son souci. En le découvrant habillé ainsi quand il entra dans la cuisine, Junghwan ne parvint pas à cacher un rictus alors même qu'il paraissait gêné.

« T'es diabolique, râla Soochul, tu savais que ce serait encore pire après m'avoir murmuré ça avec cette voix.

— Comment ça ?
— Pff, laisse tomber.
— Je te disais juste que c'était rien, c'est tout.
— Pas de cette manière, Junghwan, merde, je… je suis sensible, voilà. Content ?
— Oh… désolé. Mais hier, tu m'as dit… tu sais ?
— Oui, t'es mon ami et il se passera rien entre nous, mais c'est pas le sujet.

— Je t'excite ? »

Soochul manqua de s'étouffer avec sa propre salive.

« Tu vas bien ? s'enquit Junghwan.

— T'as aucun filtre toi, hein ?

— Je sais pas. C'est grave ?

— Je sais pas non plus.

— T'as pas répondu à ma précédente question, du coup.

— On peut passer à un autre sujet ?

— Tu veux manger quoi ? »

Soochul faillit éclater de rire à cette question posée de façon si naturelle. Junghwan n'éprouvait de toute évidence aucune difficulté à passer du coq à l'âne. Il s'empressa donc de répondre, et ainsi se referma ce sujet un peu trop personnel pour Soochul. Junghwan de son côté se flagellait en silence : lui qui avait espéré saisir cette occasion pour lui avouer qu'il aimait aussi les hommes, le voilà qui avait laissé filer sa meilleure chance, l'opportunité parfaite !

Les deux amis retournèrent s'installer sur le lit afin de visionner depuis le confortable matelas la suite de la série qu'ils avaient commencée ensemble. Assis côte à côte, ils profitèrent de ce moment pendant lequel il devenait possible pour eux de se rapprocher : Junghwan posa la joue contre l'épaule de son aîné qui, pour sa part, avait enroulé un bras timide autour de lui. Soochul en effet avait hésité avant d'agir, craignant une proximité trop forte entre eux.

« Hyung, serre-moi juste contre toi, marmonna Junghwan pour l'inciter à se décider.

— T'es beaucoup trop tactile, ronchonna l'autre en cédant. C'est pas habituel entre deux amis. »

Junghwan ne répondit pas, calé contre son meilleur ami. Il ferma les paupières, plus intéressé par ce contact que par la série sous ses yeux. Peu importait la série. Il ne désirait rien d'autre que Soochul. Sa présence seule suffisait à combler son cœur.

Son hôte ne s'en rendit compte que plusieurs minutes après, quand la tête de Junghwan bascula du fait de son endormissement tout proche. Le plus jeune se redressa de façon subite, et Soochul lui caressa les cheveux.

« T'endors pas, Junghwanie, ce serait dommage que tu rates la série, gloussa-t-il avec tendresse.

— Pas grave, je suis bien, là. Câlin… »

Un bref silence coupa leur conversation.

« Hyung ?

— Oui ?

— Dis… si j'étais pas une statue… est-ce que je te plairais ?

— C-Comment ça ?

— Tu me dis que tu me trouves beau, mais… si j'étais un vrai garçon, je t'attirerais ?

— Pourquoi tu veux savoir ça ?

— Pourquoi tu veux pas me le dire ?

— J'ai pas dit ça.

— T'as pas répondu à ma question, répliqua encore Junghwan en s'écartant de son ami pour le regarder dans les yeux. Alors ?

— Bah on s'entend bien, t'es super gentil, on a les mêmes centres d'intérêt, et en bonus tu me plais carrément, donc… b-bah voilà, quoi. Je pense que oui, tu m'attirerais.

— Je comprends… merci pour ton honnêteté.

— Et toi ? Si t'étais humain, est-ce que je te plairais ? »

Junghwan prit une moue pensive, et Soochul sentit ses joues se réchauffer d'avoir osé poser cette question qu'il jugeait stupide. Si Junghwan répondait non, il regretterait d'avoir demandé, et s'il répondait oui… il regretterait que son ami ne soit rien de plus qu'une statue de glaise. Soochul ignorait après tout encore s'il éprouvait de vraies émotions. Son visage trahissait des sentiments si réels qu'il était convaincu qu'ils l'étaient, mais… les fissures, la terre qu'elles révélaient… impossible de voir Junghwan comme un véritable être humain quand il se brisait de cette manière.

Junghwan sentait son cœur brûler de douleur, et au terme d'une longue hésitation, il plongea son regard dans celui de son aîné. Ses yeux déjà se couvraient d'un voile de souffrance.

« J'ai pas besoin d'être humain pour savoir que tu me plais, hyung. »

Sa réponse frappa Soochul qui en resta muet. Junghwan prit une longue inspiration pour ravaler sa peine, et après un sourire qui sonna plus faux que jamais, il appuya la tête contre son épaule pour retrouver sa position d'origine. Soochul néanmoins, dans un mouvement qui ressembla à un réflexe, l'écarta tout à coup de lui.

Blessé, Junghwan se tut alors que son ami, d'un doigt sous son menton, l'incitait à relever le visage pour le regarder en face.

« Junghwanie, a-attends, c'est… c'est pas possible, je… enfin…

— Je sais, je suis pas humain, je peux pas aimer.

— Non, je veux juste dire que… c'est pas de l'amour, ce que tu ressens pour moi. C'est juste de l'amitié, c'est tout.

— Et dire que je pensais être le plus naïf de nous deux.

— Sois raisonnable, tu peux pas m'aimer, c'est ridicule, tenta encore Soochul.

— Et pourquoi pas ? Tu peux très bien me plaire.

— Non, c'est… c'est pas possible, tu…

— Je suis une statue, c'est ça ? murmura Junghwan de qui les prunelles sombres exprimaient toute la souffrance.

— Non, non, c'est juste que… on vit une situation compliquée en ce moment, tu comprends ? Alors c'est normal que tu saches pas si tu m'apprécies ou si tu m'aimes. Je peux te plaire sans que tu ressentes rien pour moi, c'est juste physique. C'est ça, hein ?

— Je… enfin… O-Oui, hyung, c'est sûrement ça. C'est vrai que tu me plais physiquement, j'ai dû confondre. »

Comment un cœur pouvait-il hurler en silence ? Junghwan possédait ce cœur turbulent, il devait bien être humain, n'est-ce pas ? Un cœur de glaise aurait déjà implosé sous la pression de la douleur, mais le sien, non, il encaissait. Il encaissait comme un cœur humain qui se gorgeait de tristesse. Il battait à la manière d'un tambour, et les ondes vibrantes du cri de sa peine ébranlèrent Soochul. À son tour ému, ce dernier l'enlaça tout à coup, et Junghwan réfugia immédiatement le visage dans son cou pour y verser une larme solitaire.

« Je t'aime énormément, Junghwanie. T'es le garçon le plus incroyable que j'aie jamais rencontré.

— Merci, merci beaucoup. »

Junghwan ferma les paupières et tenta de calmer la douleur qui irradiait dans son thorax. Quand il se trouvait dans les bras de Soochul, elle s'apaisait sans cesse. Car celui-là même qui la causait le serrait contre lui.

Comme il voudrait poser les mains sur lui au lieu de les garder de façon pudique contre son propre corps ! Comme il voudrait lui caresser le torse, lui demander son cœur pour rassurer le sien ! Comme il voudrait lui prouver que la glaise renfermait bien plus que ce qu'il paraissait croire ! Sous cette chair brune que recouvrait sa peau, il se sentait humain, si humain, et parfois trop humain…

Il souffrait de ne savoir ce qu'il était, mais pour Soochul, il comprenait qu'il demeurerait une statuette.

Quand ils s'écartèrent, Soochul n'osa pas le regarder dans les yeux, et Junghwan en fut vexé. Il se leva.

« Tu vas où ? s'inquiéta son aîné.

— Je vais boire quelque chose. Du thé. T'en veux une tasse ?

— Je veux bien, merci. »

Il avait besoin de rester seul quelques minutes.

Dans la cuisine, Junghwan s'attela à la préparation du thé, la tête emplie d'idées noires. Il baissa son attention sur ses mains, qu'il jugea tout à coup minuscules et boudinées. Celles de Soochul, grandes et réconfortantes, enveloppaient sa joue de manière si agréable. Lui en revanche possédait des doigts ridicules. Pas étonnant que Soochul ne le trouve pas assez humain à son goût : entre ses mains trop petites, ses lèvres trop épaisses, ses pommettes rondes et ses yeux qui s'affinaient au point de ne former que deux fentes quand il riait, bien sûr qu'il semblait monstrueux.

Junghwan retourna à la chambre d'un pas morne, et il enfila un sweatshirt pour cacher son corps.

Il termina la matinée assis à un mètre de Soochul, tous deux toujours devant leur série, mais dans un climat tout à coup plus tendu et pesant.

Junghwan s'en voulut d'avoir causé ça. Il avait espéré réussir à se rapprocher de son ami, au lieu de quoi les voilà tous deux plus loin que jamais.

13

Soochul ne parvenait plus à réfléchir correctement quand Junghwan se trouvait dans les parages. Il se sentait dépassé par ses émotions et ses pensées emmêlées. Les unes l'incitaient à se jeter sur Junghwan pour lui offrir le plus doux baiser de sa vie quand les autres lui ordonnaient de s'éloigner de lui pour ne courir aucun risque.

Incapable de se décider, Soochul préférait choisir la prudence et ne pas franchir la mince ligne qui séparait encore l'amitié de l'amour. Ils ne pouvaient pas être en couple, bon sang !

Quand vint l'heure du déjeuner, les garçons se dirigèrent à la cuisine par automatisme, et alors que jusqu'à présent Junghwan s'était toujours chargé des repas, aujourd'hui chacun, d'un accord tacite, se prépara des nouilles instantanées pour éviter toute communication.

En dépit de son sweatshirt, Junghwan en trembla de tristesse, fier néanmoins de réussir à retenir les larmes qui ne demandaient qu'à couler. Il maudit sa fichue sensibilité et mangea dos à son seul ami, incapable de le regarder.

De retour dans la chambre, ils vaquèrent à leurs occupations : Junghwan prit un livre dans la bibliothèque près du lit et s'assit sur le matelas sans attendre pour se jeter corps et âme dans cette histoire, quant à Soochul, il attrapa son smartphone pour chercher plus longuement des informations sur l'antiquaire qui lui avait offert sa statuette. Pour lors en effet, il n'imaginait pas sa relation avec Junghwan évoluer, en revanche, s'il apprenait le secret de la création du jeune homme et le moyen de le protéger des fêlures… alors peut-être pourraient-ils envisager quelque chose de plus sérieux – et comme il aimerait que ce soit possible !

En milieu d'après-midi, alors que sans surprise ses recherches ne donnaient rien, il décida de briser le silence.

« Je trouve pas une seule info à propos de l'antiquaire. T'es sûr que tu sais rien à son sujet.

— Oui.

— Même pas son nom ?

— Si, mais je saurais pas te le donner.

— Tu connais son nom ? s'exclama Soochul interloqué.

— Je sais que je le connais, acquiesça Junghwan avec calme, mais je l'ai oublié.

— Attends, t'es pas sérieux, là, si ? Comment tu peux l'avoir oublié ? Et déjà, comment tu savais son nom, de base ? Tu l'avais entendu le dire ?

— Non, mais je le connaissais.

— Junghwanie, si tu pouvais me donner son nom, je retrouverais sûrement son numéro de téléphone personnel sur un annuaire en ligne, ou en tout cas j'aurais moins de mal à retrouver sa trace. Comment il s'appelle ?

— Je suis désolé, je sais pas.

— Bon, donc on a rien de plus.

— Je suis désolé.

— Arrête de t'excuser, t'y peux rien, c'est pas grave. On le trouvera autrement. J'irai demander demain soir aux voisins de la boutique ce qu'ils savent de lui. J'espère que ça nous avancera.

— Pourquoi demain soir ?

— J'avais espéré qu'aujourd'hui, on pourrait rester ensemble, admit Soochul d'une voix faible.

— Oh, d'accord…

— Pardonne-moi, Junghwan, demanda-t-il après un bref silence, j'ai été méchant avec toi, je voulais pas. Juste… faut que tu comprennes que c'est pas possible qu'on se plaise l'un l'autre, pour le moment. Tout est trop compliqué, et on a besoin de réfléchir à tête reposée.

— Je comprends pas… pourquoi tu veux réfléchir à des émotions ?

— C'est pas ça, faut réfléchir à tout ce que ça impliquerait.

— Donc tu sais ce que tu ressens, mais t'as peur de ce que ça impliquerait.

— Exact, avoua Soochul. On est de bons amis, restons-le pour le moment. On en sait encore trop peu sur toi, et… j'ai peur.

— Je te fais peur ?

— Non, mais j'ai peur que d'une manière ou d'une autre, tôt ou tard tu me laisses seul. Et si à ce moment, on est plus que des amis… a-alors j'en souffrirai beaucoup. Tu comprends ? »

Junghwan ne répondit pas tout de suite. Il demeura pensif quelques instants avant de relever vers son ami un visage plus serein.

« Oui, hyung, je comprends. Merci pour ton honnêteté.

— Et merci pour ta compréhension. Ça te plairait qu'on fasse quelque chose ensemble cet après-midi ? J'avais espéré profiter de mon dimanche avec toi.

— L'après-midi est déjà bien avancé, ça te plairait qu'on fasse le dîner ? »

Soochul approuva, soulagé. Ils se rendirent à la cuisine et s'activèrent aussitôt, forts de leur complicité retrouvée. Ils échangèrent quelques regards et furent d'une efficacité telle qu'ils terminèrent de manger plus tôt que prévu. Ils retournèrent à la chambre en discutant de la suite de leur série.

Junghwan s'installa sur le lit pendant que son ami allumait sa télévision, et le jeune homme se concentra sur les mains de Soochul, puis sur les siennes, si petites en comparaison. Il les cacha sous ses manches, honteux.

« On a presque fini la saison une, sourit l'aîné en retrouvant sa place auprès de lui sur le matelas. Tu voudras qu'on enchaîne avec la deuxième ?

— Ouais, carrément. »

Son ton fit tiquer Soochul qui garda pourtant ses questions pour lui. Alors que l'heure approchait de se coucher, quand le générique de fin de leur épisode sonna le moment d'interrompre leur activité, Junghwan se leva et quitta la pièce sans un mot, sous le regard surpris de l'autre qui décida de le suivre pour obtenir des explications et choisit d'ouvrir le dialogue.

« Junghwanie, écoute, je suis désolé pour ce qui s'est passé aujourd'hui, affirma-t-il en le rejoignant à la cuisine. Mais je suis sûr que tout va s'arranger et qu'on pourra rester ensemble, et je ferai tout pour.

— C'est très gentil, merci.

— Alors pourquoi t'avais l'air aussi agité pendant qu'on regardait l'animé ?

— C'est rien, c'est stupide.

— Dis-moi.

— J'ai vraiment pas l'air humain, souffla le jeune homme en se retournant. Je suis… si différent, hyung.

— Junghwan… tes joues, merde !

— Hein ? »

Il leva les mains pour les poser sur ses joues, et Soochul écarquilla les yeux en découvrant que sur ses paumes figuraient les mêmes fissures que celles qui ornaient ses pommettes. Junghwan, qui arborait auparavant une moue peinée, prit aussitôt un air effrayé.

« Hyung, je voulais pas, je te jure !

— Calme-toi, c'est rien, ça va partir, t'inquiète pas, tenta Soochul en approchant. Combien de fois il faut que je te répète que t'es pas monstrueux et que moi, je t'apprécie tel que t'es ? Junghwan, t'es le plus beau garçon que j'aie jamais rencontré, c'est indescriptible.

— Mais c'est ça, le problème, je suis pas un garçon ! Je suis une statue ! Regarde, sous ma peau je suis fait de glaise ! Je me fissure, je me brise, je suis pas humain ! cria Junghwan qui avait besoin de libérer la douleur qui lui serrait la poitrine.

— On s'en fout, t'es mon ami, répliqua encore Soochul, et ces derniers jours, j'ai appris à te connaître, à t'apprécier, et je me suis posé des questions que j'aurais jamais imaginé me poser, parce que c'est toi, parce que tu me perturbes à être aussi humain sans l'être. »

Les fêlures sur les pommettes de Junghwan s'étendaient à mesure que la douleur qui hurlait dans son cœur prenait possession de son corps. Ses mains déjà étaient recouvertes de zébrures terreuses, et ses joues suivaient le même chemin, craquelées.

« Calme-toi, et dis pas n'importe quoi, essaya encore Soochul qui se trouvait à présent face à lui. Junghwanie, moi je t'aime plus que tout, je tiens à toi, alors fais pas subir ça à ton corps. T'es pas monstrueux, t'as rien de monstrueux. T'es sublime au contraire. Tes joues rondes, je t'ai déjà dit à quel point je les aimais, et tes mains... Junghwanie, elles sont adorables, tes mains, qu'est-ce que tu leur trouves ?

— Elles sont petites et grosses.

— Elles sont ni l'un ni l'autre. Moi je les trouve juste mignonnes. T'as pas de longs doigts fins de pianiste, t'as une main encore un peu enfantine, mais c'est juste adorable, et ça va si bien avec ta personnalité attachante et ton physique délicat. »

Il avança la main pour prendre celle de son cadet. Junghwan lui jeta un regard dans lequel la peine se mêlait à l'espoir, et Soochul pressa sa main dans la sienne... avant de l'en retirer soudain dans un cri de douleur.

« Hyung, qu'est-ce qui se passe ? paniqua aussitôt Junghwan.

— Ma main ! Ça brûle ! »

La souffrance irradiait jusque dans le bras de Soochul qui serra sa main contre son torse, la mâchoire crispée pour éviter de lâcher une ribambelle de vulgarités. Il poussa un râle guttural en tentant de respirer le plus calmement possible pendant que Junghwan, terrifié à l'idée de l'avoir blessé sans s'en apercevoir, avait reculé au point de heurter le bord du lavabo, les yeux écarquillés d'horreur.

« T-Ta main… du sang… »

Soochul s'était à peine rendu compte du liquide visqueux qui coulait sur lui. Il se hâta de rejoindre Junghwan pour passer sa paume sous l'eau froide. Son cadet le regarda agir, et son cœur lui parut cesser de battre quand Soochul parvint à ouvrir la main pour l'examiner.

« D-Des fissures ? balbutia Junghwan. C'est… les mêmes que les miennes. »

Il avança de façon prudente sa propre paume pour la placer à côté de celle, blessée, de son aîné. Ce dernier arborait les mêmes striures que celles qui figuraient sur Junghwan à l'endroit où il l'avait touché. Or, si les marques de Junghwan ne lui provoquaient aucune douleur, Soochul pour sa part éprouvait la sensation d'une affreuse brûlure, et les fissures dévoilaient non de la glaise, mais bel et bien sa chair ensanglantée mise à vif. Sa paume était couverte de coupures qui reproduisaient les sillons de terre de Junghwan.

« C-C'est apparu quand tu m'as touché, balbutia le cadet. Je... je t'ai blessé, hyung... je suis désolé, je voulais pas te faire mal.

— Non, Junghwan, c'est pas ta faute, répliqua Soochul en nettoyant encore sa main sous l'eau froide. C'est... je sais pas.

— C'était encore jamais arrivé, avant, je comprends pas...

— C'est rien, on trouvera l'antiquaire, et on lui posera la question. Il doit savoir.

— C'est parce que c'est mes mains ? T'avais touché mes joues l'autre fois, et ça n'a rien fait, je comprends pas, geignit Junghwan dans un sanglot. Je suis désolé, je savais pas, je savais pas que ça ferait ça, je... je savais pas, je te jure !

— Je te crois, et moi non plus j'avais pas imaginé que ça puisse se produire. C'est rien. Ça va guérir, t'en fais pas. Ça fait déjà beaucoup moins mal. Junghwanie, s'il te plaît, calme-toi et sèche tes larmes, c'est rien. L'important, c'est qu'on fasse disparaître tes fissures.

— Mais elles te blessent !

— On s'en fout ! rétorqua encore Soochul en plantant son regard déterminé dans le sien, timoré. Junghwanie, on a besoin que tu te calmes, que tu comprennes que t'es un être adorable, magnifique, et pas du tout un monstre. Si je le pouvais, je te prendrais les mains, je t'embrasserais les joues et je te serrerais dans mes bras, mais là ce n'est plus possible. Alors par pitié calme-toi. Je voudrais t'aider à te sentir mieux mais j'en suis incapable, c'est toi qui dois fournir cet effort et faire le premier pas. Junghwan, je t'en supplie… »

L'air perdu, le jeune homme acquiesça, et il tenta de stopper ses sanglots, de contrôler sa peine. Les secondes passèrent, interminables. En vain. Les fêlures ne s'effaçaient pas – pire, elles gagnaient peu à peu du terrain.

Devant l'urgence de la situation et sans réfléchir plus longtemps, Soochul ignora le danger et enlaça Junghwan, veillant seulement à ce que ses joues striées de fissures et de larmes ne lui touchent pas la peau. De nature tactile, Junghwan avait besoin de ces gestes pour se sentir rassuré et se calmer enfin.

« T'es quelqu'un de très précieux pour moi, souffla l'aîné, par pitié arrête de te faire du mal…

— J'essaie…

— Je veux que tu restes comme t'es… parce que c'est comme ça que tu me plais, Junghwanie.

— Même si je suis pas humain ?

— C'est tout comme, à mes yeux. Reste avec moi, je t'en prie… te voir aussi abattu, ça me fait tellement mal à moi aussi… »

14

Junghwan posa le front sur l'épaule de son ami dans un soupir las, épuisé par ses propres complexes.

« Pardonne-moi, susurra-t-il.

— T'as rien à te faire pardonner, j'aurais pas dû te parler comme je l'ai fait, te dire ces choses dont j'aurais dû savoir qu'elles te blesseraient. On peut pas être ensemble, parce que j'ai peur de te perdre et que je te connais pas encore vraiment, mais… tu me plais, Junghwan. Même si t'es pas un vrai jeune homme, tu me plais déjà, tu me plais tel que t'es. J'ai juste… peur de cette attirance, tu comprends ?

— Oui, je comprends.

— Quand je te dis que t'es beau, c'est sincère, j'essaie pas de te flatter ou de dire ça pour te consoler. Je te trouve sublime, et ça depuis le jour où je t'ai vu pour la première fois.

— Moi aussi je tiens à toi plus qu'à tout le reste. J'aimerais pouvoir rester à tes côtés pour toujours. »

Ils savaient tous deux de quoi il s'agissait, ils savaient tous deux qu'ils venaient de se déclarer une flamme qui n'avait pas le droit de brûler, mais qu'ils avaient allumée malgré tout. Leur amour importait plus que le reste, même s'ils n'ignoraient pas que ces sentiments, pour le moment, ne mèneraient à rien.

Leur étreinte s'éternisa, et les pensées sombres de Junghwan s'estompèrent peu à peu, remplacées par l'affection qu'il éprouvait pour son ami et qui le rassurait : auprès de Soochul, il se sentait vivant.

Quand ils s'écartèrent, les plaies de Junghwan avaient cessé leur progression, signe qu'elles s'effaceraient dans les heures et les jours à venir. Soochul esquissa un sourire et appuya les lèvres sur son front pour lui offrir un baiser qui enchanta son cadet. Ce dernier néanmoins coupa court à cet instant.

« Faut soigner ta main, déclara-t-il. T'as du désinfectant ?

— Oui, je vais m'en occuper, t'en fais pas pour moi. »

Junghwan acquiesça et le regarda partir à la salle de bains. Soucieux, il décida d'épargner toutes les tâches à son aîné dans les jours qui venaient, afin que sa main guérisse correctement : vaisselle, ménage, il s'en occuperait. Junghwan retira son sweatshirt pour se retrouver de nouveau en t-shirt – toujours trop large et qui dévoilait sa clavicule gauche – et jogging.

Quand son ami revint, il ne put empêcher un regard sur sa peau blanche craquelée. Son bras gauche entier présentait de longues fissures qui se refermaient peu à peu, son bras droit se trouvait dans le même état, et les fêlures qui couvraient ses joues étaient descendues jusque sur les côtés de son cou.

« Ça s'étend, constata-t-il d'une voix basse.

— Oui… je suis désolé.

— T'excuse pas, Junghwan. Je m'inquiète, t'y peux rien. Tu sais, moi j'aime pas mon visage, mais je…

— T'aimes pas ton visage ? s'exclama Junghwan d'un air outré. Mais t'es trop beau !

— C'est gentil, mais moi j'arrive pas à m'aimer. Pour autant, j'ai aucun souci à vivre avec. Parfois, sous certains angles, je me trouve pas si mal. J'apprends un peu chaque jour à être plus clément envers moi-même. C'est pas facile, mais c'est un chemin long qui demande beaucoup de persévérance.

— C'est possible… d'apprendre à s'aimer ?

— Oui, je pense.

— Tu peux m'apprendre ? »

Soochul resta songeur un instant. Il était certain qu'il était possible d'apprendre à aimer son corps, mais… il n'avait jamais étudié la psychologie. Il ignorait comment s'y prendre. Or, le regard suppliant de Junghwan le convainquit d'une chose : pour lui, il se renseignerait, il lirait des articles sur le sujet, il fournirait tous les efforts nécessaires. Parce que plus que tout, il désirait le garder à ses côtés, le protéger sans faillir… et lui permettre de connaître enfin le bonheur.

« Je ferai de mon mieux. Et moi aussi, j'essaierai d'apprendre à m'aimer. Comme ça, on luttera ensemble.

— C'est vrai ?

— T'es pas seul, Junghwanie. On est ensemble sur ce coup-là, comme on l'a toujours été. D'acc ?

— D'acc, hyung. »

Il sourit et tendit la main ; Soochul n'hésita plus dès lors qu'il s'aperçut qu'il n'y figurait plus de traces visibles de glaise. Les marques s'estompaient, et si Junghwan sentait que ses blessures ne lui seraient pas infligées à son tour, alors il pouvait se fier à lui.

Soochul lui prit la main. Un rictus soulagé se peignit sur son visage en constatant qu'aucune douleur lancinante ne lui brûlait la paume.

« Comme j'aime tes mains, souffla le jeune homme, comme j'aime les tenir, les sentir entre les miennes. Je suis heureux que tu me fasses confiance, t'imagines même pas… »

Junghwan attrapa dans ses mains celle, abîmée, de son aîné, et il passa la pulpe de ses doigts sur sa paume bandée de façon si aérienne que son ami s'en rendit à peine compte.

« Je suis désolé du mal que je t'ai fait. Je comprends toujours pas ce qui s'est passé. Pour toi, hyung, je ferai plus attention à l'avenir.

— Fais-le pour toi avant tout. Ton bonheur est plus important que tout le reste. »

Junghwan opina sans répondre et se pencha pour appuyer sur le dos de la main de Soochul un baiser du bout de ses lèvres dont les fissures s'étaient refermées sans disparaître pour autant.

« Je veillerai sur toi aussi longtemps que possible, promit l'aîné. Et je continuerai de chercher sans arrêt le moyen de faire disparaître à jamais tes cicatrices. »

Ce soir-là, ils lurent un moment ensemble. Soochul ne pouvait empêcher de réguliers regards sur le corps de son cadet qu'il trouvait fascinant, à la fois sublime et fragile — et cette tenue qui lui donnait un air si innocent, si attendrissant ! Quant à Junghwan, il veillait à ne pas trop approcher son ami : les plaies sur ses joues n'étaient pas refermées, et certaines fissures sur ses bras laissaient encore voir de la glaise, de sorte qu'il préférait demeurer à bonne distance, de peur de blesser de nouveau Soochul.

Au moment de se coucher, cependant, une hésitation l'incita à ne pas rejoindre l'aîné sous la couette.

« Hyung, et si pendant la nuit je me rapprochais sans y faire attention ? Je risquerais de te faire super mal, si c'est bien mes fissures qui te blessent maintenant…

— C'est juste, songea Soochul qui se redressa sur le matelas. Hum… et si tu mettais plutôt un haut à manches longues ? Comme ça, aucun risque pour ce qui est de tes bras.

— Et mes joues ? J'ai peur de me rapprocher de toi et de vouloir me caler contre ton cou sans m'en rendre compte… ce serait tellement douloureux ! »

Son hôte ne voulut même pas imaginer l'horrible souffrance qui lui scierait le corps si des marques pareilles à celles gravées sur sa main s'imprimaient sur son cou. Il en hurlerait de douleur. Un frisson souffla sur sa peau, et après un court instant, il retrouva un visage plus paisible.

« T'en fais pas, on mettra un oreiller entre nous deux, comme ça si t'essaies de te rapprocher, tu te rappelleras que c'est pas possible.

— D'accord, si tu penses que ça suffira… je te fais confiance.

— Je sais que t'es du genre tactile, mais je sais aussi que je crains rien. J'ai confiance. »

Junghwan opina, rasséréné, et regagna le lit dans des gestes peu sûrs. Il se plaça le plus loin possible de Soochul, qui installa un coussin moelleux entre eux. Le cadet se sentit isolé mais rassuré : après ce qui venait de se produire, il craignait de toucher son meilleur ami, il n'osait plus approcher de lui ses blessures les plus profondes.

~~~

Soochul fut réveillé par une étreinte autour de son corps et sursauta de peur, craignant une nouvelle brûlure… mais rien. Aucune brûlure, au contraire ça ressemblait davantage à la caresse d'une fourrure chaude. Il ouvrit les paupières pour s'apercevoir en dépit de l'obscurité que Junghwan s'était lové contre lui, veillant à poser la joue non contre le cou de son aîné, mais contre l'oreiller lui-même placé sur l'épaule de Soochul. Ce dernier, sur le dos, avait fini avec un Junghwan à moitié affalé sur lui, une jambe au-dessus des siennes, un bras sur sa taille, et le son de son léger ronflement tout près de son oreille.

Pour lui qui avait peiné à s'assoupir – il avait perdu l'habitude de dormir sans son pot de colle favori –, le geste de Junghwan fut une aubaine. Ravi de retrouver son Junghwanie adoré, il lui caressa le dos de la main, et il s'étonna de l'entendre glousser.

« T'es réveillé ? murmura-t-il.

— Oui. Et toi ? »

Soochul pouffa à la question.

« T'es bête, ricana-t-il. Ça va, tu dors bien ?

— J'ai eu du mal à m'endormir… j'aime trop être contre toi, je crois. Mais maintenant, ça va mieux. Et je suis sûr que tu risques rien, comme ça.

— Oui, merci beaucoup. Moi aussi je me sens mieux comme ça. »

Enchanté, Junghwan se pencha de façon prudente pour appuyer un baiser sur la joue de son ami, et il reprit sa place contre son coussin ensuite.

« Dis, hyung, comment tu vas faire pour que j'apprenne à m'aimer ?

— J'en ai aucune idée, admit Soochul avec honnêteté.

— Je m'en doutais…

— Mais c'est rien, on cherchera ensemble sur internet, et on lira des livres sur le sujet.

— Tu ferais ça ?

— Oui, comme ça on passera du temps ensemble, et tous les deux on apprendra à être un peu plus cléments envers nous-mêmes.

— J'aime beaucoup l'idée, ça ne peut qu'être bénéfique, j'ai l'impression.

— Moi aussi j'en ai l'impression. On verra bien. En attendant, pour être en bonne santé, faut dormir. Allez, dodo. »

Son ami laissa échapper un souffle amusé sans répliquer pour autant, et il se cala contre lui de la façon la plus confortable possible. La chaleur agréable qui se dégageait du corps de son aîné le réconforta, et tous deux se rendormirent sans tarder, soulagés de pouvoir de nouveau échanger ces marques d'affection.

Ils se réveillèrent au matin avec le son de l'alarme programmée la veille par Soochul. Ce dernier poussa un râle dépité.

« J'ai pas envie de me lever, grommela-t-il.

— J'ai pas non plus envie que tu te lèves.

— Double raison pour pas se lever…

— On dort encore deux ou trois cents ans, et ensuite on voit si on se lève, ça marche ?

— Allez go, on fait ça. »

Junghwan sourit, et il resserra son étreinte autour de son ami qui pour sa part déposa un baiser dans sa chevelure toujours soyeuse. Il ne se lassait pas de son corps, autant qu'il ne se lassait pas de son regard, son rire, sa douceur. Il ne se lassait pas de son prince de glaise, et son désir croissait à mesure que les jours passaient. Si seulement il avait connu un garçon comme Junghwan, un humain pour lequel il n'aurait pas à s'inquiéter à ce point ! Il devait constamment veiller sur lui, et s'il ne s'en plaignait pas, ça demeurait pour lui un facteur de stress important. Il lui semblait que chaque fois qu'il détournait le regard, il était susceptible de retrouver Junghwan fissuré, voire pire.

Soochul trouva enfin la force de quitter son lit après de longues minutes à songer à la meilleure manière de tomber malade en un claquement de doigts. Il se prépara en vitesse pour rejoindre Junghwan à côté de qui il s'installa sur le matelas.

« Bon, on a une vingtaine de minutes avant que je m'en aille, on regarde sur internet des trucs de développement personnel ?

— Du développement personnel ? répéta Junghwan d'un ton inquisiteur.

— Oui, apprendre à s'aimer, comme on avait dit.

— Oh, je comprends ! Oui, faisons ça ! »

Junghwan se redressa, enthousiasmé, et Soochul lui ébouriffa les cheveux dans un geste affectueux qui lui tira un sourire. Son smartphone en main, l'aîné lança la recherche, et il sentit l'autre se presser contre lui pour observer son écran.

15

Junghwan lisait en silence, de même que Soochul. Ce dernier avait tapé « apprendre à s'aimer » sur internet, et les voilà devant une liste de dix conseils pour se montrer plus clément envers soi-même et trouver enfin le bonheur. Le titre, vendeur, les avait incités à cliquer, néanmoins l'article ne les convainquait pas. Deux ou trois points leur paraissaient pertinents, les autres les laissaient perplexes.

« Je vais devoir y aller, soupira finalement Soochul, on verra ça ce soir, mais hésite pas à faire tes propres recherches dans la journée, ça nous avancera.

— D'accord.

— Ce soir, je vais aller voir les voisins de la boutique d'antiquités pour savoir s'ils étaient au courant de l'adresse de l'homme qui t'a confié à moi. Je rentrerai plus tard que d'habitude.

— Tu comptes vraiment le retrouver, hein ?

— J'ai besoin d'en savoir plus à ton sujet, opina Soochul.

— Tu veux que je retourne vivre chez lui.

— Ce serait ce qu'il y a de mieux pour toi, j'en suis convaincu.

— Et comment tu peux le savoir ?

— Tu peux pas rester ici, Junghwanie.

— Et pourquoi pas ?

— C'est compliqué.

— Qu'est-ce qui est compliqué ? insista Junghwan alors que son ami laçait ses chaussures.

— De veiller sur toi. Je travaille toute la journée et… c'est difficile de me dire qu'à n'importe quel moment je peux recevoir un message de toi qui as besoin d'aide. L'antiquaire pourra prendre soin de toi comme il faut : il t'a construit, il sait forcément comment t'aider.

— Je vois… je m'étais pas rendu compte que je te pesais autant.

— Dis pas ça comme ça, voyons, tu… tu m'apportes beaucoup, c'est sûrement moi qui me mets une trop grande pression, mais plus je t'apprécie, plus je m'inquiète pour toi. Et là… ce n'est plus gérable. Mais je veux qu'on reste amis, vraiment, je t'assure.

— Je comprends. T'en fais pas pour moi, ça ira. Aujourd'hui, j'essaierai d'appliquer les conseils qu'on a lus, je risque rien.

— Et au moindre souci, envoie-moi un message.

— Promis. »

Après une hésitation, Soochul se planta devant Junghwan et enroula les bras autour de lui. Ses joues ne présentaient plus de traces de glaise, si bien qu'il l'incita d'un geste à enfoncer le visage dans son cou, comme Junghwan aimait tant. Ce dernier d'ailleurs ferma les paupières dans un soupir soulagé, et il enlaça son aîné avec la même tendresse. Soochul sentit son cœur se serrer sans comprendre pourquoi. Des angoisses lui nouaient la gorge à la manière d'une corde fatale, et il lui semblait qu'ils agissaient comme à l'occasion d'un adieu alors que des étreintes, ils en avaient partagé des dizaines.

En quoi celle-ci différait-elle donc ? Il l'ignorait, mais il pressentait quelque chose qui l'inquiétait, et qui le mettait plus mal à l'aise que jamais. Il jurerait que s'il le lâchait maintenant, s'il le laissait seul, s'il s'en allait ce matin-là... il s'exposait à des conséquences pires que ce qu'il pouvait imaginer. Pourquoi ? Pourquoi aujourd'hui ?

« Tu sais que je voudrais rester avec toi, hein ?

— Je sais, hyung. Moi aussi je voudrais que tu restes.

— Je dois aller travailler, je peux pas rater une journée de boulot.

— T'en fais pas, je sais bien.

— Je reviens ce soir. Je te dirai si je trouve quelque chose à propos de l'antiquaire, et on passera notre temps ensemble à travailler sur nous-mêmes, pour qu'on ne se brise plus jamais.

— Mais… toi, tu…

— Si, moi aussi, le coupa Soochul en le serrant plus fort contre lui, mais pas de la même manière.

— Hyung…

— Je reviens ce soir, tu m'attendras ?

— Bien sûr, pourquoi tu poses la question ?

— Je sais pas… j'ai peur. C'est stupide, hein ?

— C'est humain, c'est tout, répondit Junghwan.

— T'as jamais peur ?

— Si, bien sûr.

— J'en étais sûr.

— Ah ?

— Toi aussi, Junghwanie, t'es humain. À ta façon. »

Le cadet s'écarta de son aîné, sans pour autant que l'un ou l'autre relâche son étreinte. Ils se regardèrent en silence, un silence qui parlait pour eux. Juste un peu plus petit que son ami, Junghwan avait à peine à pencher la tête pour que ses prunelles plongent dans les siennes, et Soochul remonta par réflexe une main à sa chevelure afin de la lui caresser.

Jamais quelques centimètres n'avaient paru si longs. Ils ne souhaitaient qu'une chose, se rapprocher sans se soucier de ce que leur geste impliquerait.

Leurs deux corps brûlaient d'un désir charnel, inavouable. Soochul céda : il avança le visage, et Junghwan ferma les yeux, prêt à franchir cette ligne sur laquelle ils se trouvaient, la frontière entre amitié et amour.

Le cœur du jeune homme cognait plus fort que jamais dans sa poitrine embrasée, et une indescriptible avidité l'affamait : il avait besoin de la bouche de Soochul contre la sienne.

Il reçut un baiser sur le front, et toute son effervescence se changea en déception, alors même que jusqu'à présent, ce petit contact le réconfortait. Il désirait plus, mais il n'osait pas réclamer, conscient que Soochul lui refuserait ce plaisir.

« Hyung, je… j-je… »

Soochul, qui l'avait lâché, lui jeta un regard empli de curiosité. Son ami baissa les yeux.

« Je te souhaite une bonne journée, compléta-t-il d'une voix éteinte, à ce soir.

— À ce soir, passe une bonne journée. »

Soochul s'en alla le cœur lourd, dans un silence que la porte rendit grave en se refermant. Il hésita encore, et son cœur se comprima de plus belle, lui arrachant un soupir de dépit. Il ne pouvait pas rater une journée de travail… même s'il était convaincu de le regretter tôt ou tard. Junghwan comptait plus que tout, mais impossible de rester chez lui sous prétexte d'un banal mauvais pressentiment.

Soochul quitta son immeuble, attrapa son vélo et partit, veillant à activer les notifications sonores pour le cas où il recevrait un message de Junghwan via Twitter.

Il ne reçut rien. Il ignorait si ça le rassurait ou non.

En sortant de son entreprise, le soir venu, il se hâta de rejoindre l'ancienne boutique d'antiquités. En dépit du printemps qui avançait, les températures avaient beaucoup baissé ce jour-là, et du fait du coucher du soleil, le froid attaquait sans pitié les mains nues du jeune homme sur sa bicyclette. Il les crispa dans l'espoir de se réchauffer et, une fois à destination, il cala son vélo contre le mur du bâtiment où se situait auparavant le petit magasin. Il observa les alentours. Quelques boutiques étaient éparpillées, mais pour l'essentiel il s'agissait d'habitations.

Il déglutit, l'estomac noué, et se dirigea vers la demeure la plus proche, une charmante maison d'un étage, peu imposante et qui se fondait dans le paysage. Par un réflexe qu'il ne s'expliqua pas, Soochul jeta un regard circulaire ; personne, pas même quelqu'un pressé de rentrer du travail.

Un frisson lui remonta le long du dos, et il décida de frapper à la porte. D'interminables secondes passèrent jusqu'à ce qu'enfin elle s'ouvre sur une vieille dame à l'air avenant, le sourire aux lèvres et le visage d'une incomparable douceur.

« Oh, bonsoir jeune homme, en quoi puis-je vous aider ?

— Bonsoir madame, répondit Soochul en s'inclinant avec respect. J'avais une question à vous poser à propos du magasin d'antiquités fermé le mois dernier.

— Le magasin d'antiquités… Ah, oui, je vois. Qu'est-ce que vous vouliez savoir ?

— Il a bien fermé le mois dernier, c'est ça ?

— Oui, c'est ça.

— J'ai passé un après-midi entier à discuter avec l'antiquaire et… il m'a offert un objet à propos duquel il fallait que je lui pose des questions, mais il ne m'a pas laissé d'adresse en partant. Est-ce que vous le connaissiez ? Est-ce qu'il vous a donné une adresse ?

— Oh vous savez, le vieux Lee n'était pas très bavard. Je ne sais ni pourquoi il est parti, ni s'il a ouvert une nouvelle boutique ailleurs.

— Vous n'avez aucun moyen de le contacter ?

— Eh bien… un jour, j'étais passée à sa boutique lui apporter des mochis faits maison, et en remerciement il m'avait invitée chez lui pour boire le thé. J'ignore s'il a déménagé, mais je peux vous donner l'adresse, je l'avais notée sur un post-it qui doit encore traîner sur mon réfrigérateur, songea-t-elle.

— C'est vrai ? Vous savez où il habite ?

— C'était il y a bien au moins six mois, mais… vous pouvez toujours essayer, si vraiment c'est important.

— C'est vraiment important, oui, approuva Soo-chul.

— Attendez deux minutes, je vous apporte ce papier. À moins que vous préfériez rentrer ?

— C'est très gentil, mais je ne souhaite pas vous importuner plus longtemps.

— Monsieur Lee a bien choisi le garçon à qui il a offert le présent dont vous parlez, quel gentleman vous faites ! Je reviens tout de suite, je fais vite.

— Ne vous pressez pas, c'est très gentil à vous. »

La vieille dame lui accorda un regard reconnaissant et rentra sans fermer la porte. Elle se déplaçait avec une démarche tranquille, lente mais leste. Elle revint quelques instants plus tard, un feuillet jaune entre les mains et une expression attendrie au visage.

« Feu mon mari prétendait sans cesse que j'étais folle d'accumuler ces papiers sur le réfrigérateur, souffla-t-elle d'une voix chevrotante due aux trémolos de l'émotion. J'aurais aimé qu'il soit là pour voir mes petits papiers servir à quelque chose. J'espère que vous trouverez ce que vous cherchez, jeune homme.

— Je vous remercie pour tout, madame, et je vous souhaite une agréable soirée. Je suis sincèrement désolé de vous avoir ennuyée à cette heure. Au revoir.

— Au revoir. »

Il s'inclina de plus belle, elle baissa la tête, et ils se séparèrent ainsi. Soochul remonta en selle et, avant même d'entrer l'adresse sur son portable, il poussa un soupir : lui qui avait espéré que l'antiquaire vive dans le coin, il se trompait. Il habitait un autre quartier, situé à au moins une vingtaine de minutes de vélo de là.

Incapable d'envisager de laisser Junghwan seul une heure de plus, Soochul renonça à aller voir le vieil homme ce soir : il s'y rendrait le lendemain.

Il rangea son précieux papier dans la poche de son sac avec son smartphone et son portefeuille, et il rentra chez lui. Le trajet lui parut plus long qu'à l'accoutumée alors qu'il l'effectuait à bicyclette. Son cœur tambourinait dans sa poitrine du fait non de l'effort mais de l'anxiété soudaine qui s'était immiscée en lui – le retour de ce fameux mauvais pressentiment qui l'avait oppressé toute la matinée.

Il accéléra l'allure tandis que différents scénarios lui traversaient l'esprit, tous plus douloureux les uns que les autres. Il tenta de les chasser, sans succès, avant d'arriver enfin devant son immeuble. Il plaça à la hâte son vélo dans le local prévu à cet effet et grimpa quatre à quatre les marches qui le séparaient de celui qu'il chérissait.

Les températures fraîches ne l'empêchaient pas de transpirer, et en dépit d'un gilet qu'il avait trouvé trop léger en quittant son travail, désormais il mourait de chaud et regrettait de ne pas avoir noué plus tôt son vêtement à sa taille. Il s'en débarrassa en plein milieu du couloir, faillit en faire tomber son sac à dos, et composa son code, encombré de son haut et son sac qu'il jeta dans l'entrée de son appartement une fois la porte ouverte.

« Junghwanie, je suis là, tu vas bien ? Ta journée a été bonne ? »

16

Soochul se détendit en entendant son ami dans la pièce à côté, la chambre. Junghwan le rejoignit, un sourire léger flottant sur les lèvres.

« Bonsoir, hyung, ça va ? s'enquit-il.

— Oui, et toi ?

— Ça va, la journée s'est bien passée, et pour toi ? »

Il lui résuma sa rencontre avec la vieille dame, et Junghwan l'écouta sans un mot, attentif. Son air devenait de plus en plus grave à mesure que Soochul expliquait, si bien que quand il termina, il lui demanda s'il se sentait bien.

« Oui, pourquoi ? demanda Junghwan.

— Parce que t'as l'air… bizarre.

— Ah ?

— Oui.

— Je sais pas.

— C'est parce que je compte aller voir l'antiquaire demain ?

— Tu vas lui demander de me reprendre…

— Junghwan, s'il te plaît, je… je vais juste lui demander des conseils, et tu pourras retourner chez lui très bientôt, oui. J'essaie pas de me débarrasser de toi, je t'assure. Je t'obligerai à rien, je te l'ai déjà dit.

— Hum…

— Tu me crois pas ?

— C'est pas ça, c'est juste que… je sais que je suis un poids pour toi, et j'ai bien compris que c'était difficile pour toi de gérer mes… mes blessures. Alors je sais que d'une certaine manière, je t'empoisonne la vie, et… e-et j'en suis vraiment désolé, mais quand t'as dit qu'on devait apprendre à s'aimer ensemble, je… j-j'avais espéré qu'en travaillant bien sur moi-même, t'accepterais que je reste avec toi, susurra Junghwan d'une voix bouleversée. J'ai fait beaucoup d'efforts aujourd'hui, j'ai vraiment essayé, tu sais, alors… e-est-ce que tu pourrais pas reconsidérer ta décision ? S'il te plaît, je veux rester ici, avec toi.

— Pourquoi tu tiens tant à rester ? Je t'ai dit que je viendrais te voir souvent, qu'on resterait amis, et ça avait l'air de te convenir, avant.

— Parce que maintenant, hyung, je ne veux plus qu'on soit seulement des amis.

— Oh Junghwanie…

— Je… oui, je suis tombé amoureux de toi, avoua Junghwan qui éprouva la sensation de vider l'air contenu dans ses poumons. Et ça me tue, parce que je sais que ce sera jamais possible entre nous, quoi que t'en dises : je suis pas un humain, je suis juste une putain de statuette, et... »

Un sanglot le coupa, qui alarma Soochul. Le jeune homme se hâta de prendre son ami dans ses bras, et Junghwan laissa sa peine le submerger de façon bruyante. Aussi tremblant qu'une feuille d'automne malmenée par les vents, il s'accrocha au t-shirt à manches longues que portait Soochul et posa le front contre son torse. Son aîné lui frotta le dos, ému à son tour de la fragilité du garçon qu'il aimait sans oser l'admettre. Il le désirait plus que tout au monde mais ne se sentait pas la force de supporter la crainte constante de le voir se faire du mal.

Il le chérissait, mais Junghwan n'était pas humain.

Ou bien peut-être l'était-il plus que toutes les personnes que Soochul avait rencontrées. L'imperfection et la faiblesse constituaient sans doute deux des attributs les plus humains qui existent, et Junghwan était le seul à ne pas pouvoir les dissimuler sous de faux semblants. Junghwan était l'être le plus honnête et le plus pur qu'il connaisse, car il était le plus vulnérable. Le plus humain.

« H-Hyung, je... j-je veux pas te quitter ! J-Je veux pas retourner là-bas, c'est toi q-que j'aime !

— Je viendrai te voir souvent, j'ai juste besoin que l'antiquaire veille sur toi, moi je peux pas le faire.

— Je ferai d-des efforts, j-je te le promets !

— Il saura peut-être comment faire pour que les fissures cessent, c'est le seul moyen de t'aider. Moi je peux rien faire. »

Junghwan, cette fois, ne répliqua pas. Il pleura contre lui, et Soochul se sentit dépassé : il n'avait pas imaginé que la nouvelle provoque une réaction si violente chez lui qui s'était toujours montré posé et doux. Le voir insister pour rester le troublait.

« Il s'occupe bien de toi, l'antiquaire, hein ? demanda-t-il donc. Il t'a jamais fait de mal, n'est-ce pas ?

— N-Non, mais je veux pas te quitter, hyung ! Je veux pas que tu me laisses, que tu m'oublies ! Je veux rester à tes côtés ! J'ai peur sans toi, je veux pas redevenir une statue, je veux continuer de t'aimer !

— Je t'oublierai pas, je te le jure, je viendrai tous les jours si ça peut te rassurer, au début, et tu viendras aussi passer une nuit ici de temps en temps, si tu veux. Je tiens trop à toi pour t'abandonner, s'il te plaît réagis pas de cette façon, c'est rien du tout de pas vivre dans le même endroit, tu sais ?

— Tu peux pas comprendre… hyung, ça fait tellement mal…

— Comment ça ? Explique-moi, dans ce cas.

— Je t'aime, je t'aime si fort alors que toi non, et… mon cœur, il brûle, souffla Junghwan d'une voix plus aigüe qu'à l'accoutumée.

— C'est rien du tout, ça va passer. Et je t'aime énormément, même si t'es pas tout à fait humain.

— Non, hyung, je… mon cœur…

— Il brûle, » répéta Soochul en comprenant enfin ce que ce détail impliquait.

Et tout à coup, il s'écarta de son ami, le visage horrifié. Junghwan portait un sweatshirt, ce qui n'avait pas choqué Soochul puisqu'il l'avait enfilé plus d'une fois ces derniers temps, mais aujourd'hui…

« Junghwan, enlève ton sweat, ordonna-t-il d'un ton grave et craintif.

— Hyung…

— Je t'en prie, enlève-le. »

Le regard tempétueux de Junghwan plongea dans celui de son aîné, et un sourire apparut au coin de ses lèvres, un sourire triste.

« Hyung, je suis désolé.

— Junghwan, s'il te plaît.

— Je savais pas comment te le dire.

— Depuis quand ça dure ?

— Depuis que je me suis aperçu que je t'aimais, il y a peu.

— Dis-moi que ça peut se refermer, je t'en supplie… »

Le rictus du cadet s'effaça tandis qu'un énième sanglot lui secouait le corps. Il enleva son vêtement, et Soochul éprouva la sensation d'un haut-le-cœur quand il découvrit, partout sur les bras et le cou de son ami, de profondes plaies qui laissaient voir la terre que sa peau camouflait auparavant. Sans un mot de plus, Junghwan attrapa le bas de son t-shirt, et après un soupir résigné, il le retira aussi.

Soochul hoqueta alors qu'à son tour, les vagues brutales de son chagrin le frappaient. Le t-shirt tomba à terre, sans doute avec le cœur de l'aîné qui jura qu'on le lui avait arraché.

Le torse de Junghwan, du côté gauche, ne montrait plus que de la glaise, et de là partaient de larges fissures qui striaient son cou jusqu'à son ventre. L'immense blessure, de plus, gagnait du terrain, la terre grignotait la peau à mesure que les pleurs de Junghwan s'accentuaient.

« Ça fait tellement mal, hyung, si tu savais !

— Pourquoi tu m'as rien dit ? paniqua Soochul sans réussir à détacher le regard de son corps. Junghwan, pourquoi tu m'en as pas parlé !

— J'avais peur ! J'arrivais pas à t'avouer ce que je ressentais, et je savais que tu ressentais pas la même chose ! J'avais peur que tu me rejettes, que tu me haïsses, alors que moi je t'aime si fort ! Jamais quiconque n'a pris autant soin de moi ! Jamais on ne s'était tant intéressé à moi ! Jamais on ne m'avait regardé comme tu m'as regardé, et je voulais, égoïste, que ça continue ! Même si tu pouvais pas m'aimer, je voulais rester à tes côtés !

— Putain, mais Junghwan, je t'aime ! »

Le cri de Soochul souffla son ami qui retint sa respiration sans même s'en rendre compte, bouleversé par cet aveu qu'il n'espérait plus.

Effondré, Soochul s'avança. Les fissures de Junghwan s'étendaient désormais jusque sur son visage, abîmant ses joues si rondes et adorables. Les regards des deux garçons se croisèrent, il y brillait une douloureuse affection.

« Dis-le encore, murmura Junghwan.

— Je t'aime… J-Je t'aime. Je t'aime, Junghwanie, je t'aime, je t'aime, je t'aime ! »

Sa voix se brisa tandis que Junghwan laissait échapper un souffle amusé devant cette explosion d'émotions à laquelle il ne s'était pas attendu venant de Soochul. Ce dernier, d'ailleurs, leva les paumes pour prendre en coupe le visage désormais fendu en de nombreux endroits de son cadet. Il grimaça de douleur, et Junghwan ne se rendit compte qu'alors de son acte.

« Hyung, lâche-moi, susurra-t-il sans oser poser les mains sur lui de peur de rajouter à son supplice. S'il te plaît, tu te fais du mal.

— Non, je m'en fous. Je veux profiter de la douceur de ta peau. Je veux pas te perdre, mon Junghwanie. Je t'en supplie, reste avec moi, murmura Soochul alors que sa gorge enfermée dans l'étau du chagrin ne laissait plus passer sa voix.

— Mais c'est toi qui voulais que je parte…

— Pas comme ça, pas pour toujours. Je voulais qu'on reste en contact, amis, ou plus. Reste, guéris.

— C'est trop tard.

— Junghwanie… »

Ses épaules se mirent à trembler, et la douleur autant que la peine lui tirèrent des larmes qui lui scindèrent les joues. Les fissures s'ouvraient sur des plaies plus larges, et dans un élan de désespoir, conscient que leur amour était condamné quoi qu'il fasse, Soochul se pencha sur les lèvres de son bien-aimé, ne se stoppant que lorsqu'elles se frôlèrent… et Junghwan compléta le mouvement, pressant sa bouche contre la sienne de façon affamée. Leur geste traduisait toute l'urgence de la situation. Le baiser – le premier pour l'un comme pour l'autre – malgré tout demeurait savoureux, et les larmes qui s'y mêlaient n'en atténuaient pas la tendresse. Il en émanait tous les sentiments des jeunes gens qui savaient qu'il s'agissait là de leur ultime contact.

Junghwan enlaça Soochul au niveau de la taille, et ce dernier l'étreignit, heureux que ses manches longues protègent ses bras des blessures de son cadet. L'échange ne s'approfondit pas, mais déjà quel délice !

Des craquements glaçants s'élevèrent, et Soochul recula d'un bond terrifié. Il se mit à trembler de manière convulsive, et Junghwan baissa son regard peiné sur ses mains ensanglantées avant de basculer sur les siennes, désormais couvertes de glaise et dont la peau des poignets s'ouvrait peu à peu. L'aîné, à ce constat, écarquilla les yeux, paniqué.

« On doit bien pouvoir faire quelque chose, non ? Pitié, dis-moi qu'il y a une solution ! »

Junghwan agita la tête de droite à gauche de façon lente, grave.

« Merci pour tout ce que t'as fait pour moi, » murmura-t-il ému.

Ses bras étaient redevenus terreux.

« Merci d'avoir pris soin de moi. »

Son ventre, son torse s'étaient métamorphosés.

« Merci de m'avoir aimé comme je t'aime. »

Une onde tout à coup jaillit du corps de Junghwan, et Soochul chuta tandis qu'une lumière aveuglante enveloppait son cadet.

« Junghwan ! »

Il lui sembla entendre l'écho de ce « je t'aime » si tendrement murmuré par son ami, et le jeune homme rouvrit les paupières quelques secondes plus tard, lorsque sa chambre fut de nouveau plongée dans la clarté paisible de la fin du jour.

Au sol, là où se tenait Junghwan dix secondes plus tôt, se trouvait désormais une petite statuette. Son visage angélique affichait ce sourire peiné qu'il avait laissé entrevoir l'espace de quelques instants. Soochul ne put s'empêcher de le fixer, étouffé par son chagrin, la lèvre tremblante, et alors que les larmes roulaient sur ses joues pour chuter ensuite de son menton, il approcha. Il prit la figurine de glaise avec une infinie précaution et l'apporta contre son cœur dans un sanglot déchirant.

« Je suis désolé, Junghwanie ! »

Épilogue

Une semaine s'était écoulée. Soochul avait décidé de se rendre à l'adresse du vieil antiquaire à qui il souhaitait redonner la statuette : la regarder lui procurait une douleur sans nom, et chaque fois son cœur lui paraissait comprimé par le chagrin. Il avait versé plus d'une larme à sa simple vue. Il ne pouvait pas continuer ainsi, et même s'il désirait garder le souvenir de cette semaine magique avec Junghwan, il devait aller de l'avant – et pour lui, ça passait par le fait de restituer cet objet à son propriétaire.

Planté devant la maison indiquée sur son post-it et sur laquelle figurait le bon nom, Soochul n'hésita pas longtemps avant de sonner. Quelques secondes s'écoulèrent jusqu'à ce que la porte s'ouvre. Aussitôt, le jeune homme s'inclina à quatre-vingt-dix degrés en tendant son bien le plus précieux.

« Bonjour monsieur, je suis venu vous rendre la statuette que vous m'avez donnée. Je suis sincèrement désolé, je n'ai pas su en prendre soin et elle s'est brisée. J'espère que vous pardonnerez ma négligence. »

Le silence lui répondit d'abord, puis une voix émue s'éleva :

« Qui vous a donné ça ? »

Et Soochul le reconnut, ce timbre de velours, ce timbre qui lui caressait les tympans. Il releva aussitôt la tête pour découvrir, face à lui, un garçon qui ressemblait trait pour trait… à Junghwan.

Abasourdi, il sentit sa mâchoire s'ouvrir seule. Impossible de se tromper : ces yeux si doux, ces lèvres pulpeuses… Il était plus maigre que dans ses souvenirs, ses joues paraissaient plus émaciées (et Soochul les trouvait si belles, quand elles étaient un peu plus rondes), mais c'était lui, c'était forcément lui !

« J-Junghwan ? souffla-t-il alors que ses yeux s'humidifiaient.

— Qui vous a donné ça ? répéta le garçon.

— Un antiquaire… il n'habite plus ici ? C'est pourtant son nom sur la boîte aux lettres.

— Mon oncle est mort il y a un peu plus d'un mois. J'ai hérité de cette maison.

— Votre oncle ? Mais… alors c'est à vous qu'il souhaitait remettre cette statuette : il disait qu'elle devait porter chance à son neveu, se rappela Soochul. Je suis sincèrement désolé de l'avoir abîmée. »

Le jeune homme prit l'objet qui lui était tendu et l'examina. Son regard brillait de chagrin, sans doute au souvenir de son oncle décédé, et un sourire peiné naquit sur son visage – le même qu'arborait l'œuvre d'art.

« Je ne vois aucune trace, déclara-t-il avec tendresse au terme d'une longue observation. Elle n'est pas abîmée, au contraire on semble avoir pris excessivement soin d'elle. Pourquoi pensez-vous l'avoir cassée ?

— Vous me prendriez sûrement pour un fou si je vous expliquais toute l'histoire…

— Oh mon dieu, ces traces sur vos mains, elles ne vous font pas souffrir ? »

Il s'agissait des marques laissées par les fissures du visage de Junghwan qu'il avait pris en coupe avant d'échanger avec lui un fougueux baiser. Ces fêlures qui témoignaient de la douleur de son bien-aimé s'étaient imprimées sur ses mains. Elles s'étaient refermées et des croûtes s'étaient formées, traçant de longues lignes sur ses paumes.

« Elles sont la preuve de ma négligence, admit-il d'une voix peinée.

— Au contraire… elles prouvent votre bienveillance et votre affection, souffla le garçon de qui les yeux désormais brillants trahissaient l'émotion.

— Peu importe. Je suis juste venu vous la rendre, elle vous appartient.

— Mon oncle prétendait bel et bien qu'il avait fabriqué cette statuette pour me porter bonheur… mais elle n'a jamais été destinée à m'être offerte. »

Parce que le vieil antiquaire prétendait que sa création était aussi fragile que le jeune homme qui l'avait inspirée, et qu'elle révèlerait la seule personne capable d'en prendre soin et de percevoir sa vraie valeur.

« J-Je comprends pas…

— Je peux savoir comment vous vous appelez ?

— Soochul, et vous ?

— Junghwan, comme vous vous en doutiez. »

Un court silence s'installa lorsque Junghwan s'écarta de la porte pour poser la statuette sur une petite étagère juste à côté. Il dirigea ensuite de nouveau son attention sur Soochul qui l'avait regardé, bouleversé de revoir son précieux ami – même si ce Junghwan-là n'était pas celui avec lequel il avait partagé de si belles choses.

« Je connais un café sympa, pas très loin, déclara Soochul en prenant son courage à deux mains, est-ce que vous accepteriez de discuter de tout ça autour d'un verre ?

— Bien sûr que j'accepte, sourit Junghwan – et ce sourire, comme il avait manqué à son aîné ! —, je serais ravi de passer un peu plus de temps avec toi. »

Notes

Bonjour :3

J'espère sincèrement que ce texte vous a plu, il signifie beaucoup pour moi. *La statue de glaise* était à l'origine une nouvelle qui a su toucher beaucoup de lecteurs sur Wattpad, ce qui m'a vraiment émue. Je voulais, à travers ce texte, transmettre un message fort avec les personnages de Junghwan et Soochul.

Ces fissures qui blessent Junghwan, bien sûr, représentent le mal que les complexes peuvent nous infliger, et si vers la fin du livre, elles blessent aussi Soochul, c'est tout simplement parce que ce genre de complexes fait autant souffrir la personne concernée que ceux qui l'aiment. Ainsi, quand Soochul est tombé amoureux de lui, son affection était devenue telle que les fissures de son ami lui étaient infligées à lui aussi chaque fois qu'il essayait de l'aider.

On comprend, en découvrant le « vrai » Junghwan que la statuette a été créée des mois (voire des années) plus tôt. Soochul en effet rencontre alors un garçon amaigri au physique bien différent de celui qu'il aimait, preuve que le jeune homme a plongé dans l'anorexie qui tendait les bras à la statue de glaise.

L'anorexie est une maladie dont trop de gens souffrent, causée entre autres par la toxicité des réseaux sociaux et des regards extérieurs. J'espérais, à travers cette histoire, montrer à quel point certains peuvent se faire du mal à cause d'elle : la statuette finit, le cœur brisé, par disparaître. C'est son manque de confiance en elle qui l'a amenée à se détruire, parce que Junghwan était convaincu d'être un monstre, et qu'il pensait ne pas être digne de l'amour de celui qu'il chérissait.

Merci d'avoir suivi cette histoire jusqu'au bout. N'hésitez pas à laisser votre avis sur le site où vous vous l'êtes procurée, et on se retrouve comme d'habitude sur Wattpad et Twitter. ♥